迷《まよい》塚《づか》

警視庁異能処理班ミカヅチ

内藤 了

講談社
タイガ

主要登場人物

【ミカヅチ班】警視庁の地下を間借りしている警察庁の研究班

安田《やすだ》怜《れい》――エンパス系霊能力者 警察庁外部研究員。

折原堅一郎《おりはらけんいちろう》――首なし幽霊 もと警視正・ミカヅチ班最高責任者。

土門一平《どもんいっぺい》――陰陽師《おんみょうじ》 土御門《つちみかど》家の末裔《まつえい》・警視庁警部・ミカヅチ班班長。

極意京介《ごくいきょうすけ》――悪魔憑《つ》き 警視庁捜査一課の刑事・通称赤バッジ。

広目《ひろめ》天《あまね》――盲目の霊視能力者 警察庁外部研究員。

松平《まつだいら》神鈴《みすず》――虫使い 豊後杵築《ぶんごきつき》藩松平家の末裔・警察庁職員。

【三婆《サンババー》ズ】ミカヅチ班の外注先である特殊清掃業者

武者小路《むしゃのこうじ》リウ――白髪痩軀《そうく》で男好き。

大善《だいぜん》千《せん》――ドレッドヘアで熊《くま》体形。

小宮山《こみやま》かつ子《こ》――毒舌の漬物名人。

目次

デザイン・写真　舘山一大

迷塚《まよいづか》

警視庁異能処理班ミカヅチ

――警視庁本部及び警察庁を含む中央合同庁舎ビルが建つ場所は大老井伊直弼《いいなおすけ》が暗殺された桜田門外、豊後杵築《ぶんごきつき》藩松平《まつだいら》家の跡地であり、上空から見ると奇態な形状をしているが、それが奈落《ならく》に滾《たぎ》る怨霊《おんりょう》を鎮めるための『呪《しゅ》』であると知る者は少ない――

エピソード1　陰火を喚《よ》ぶ女

――傾城《けいせい》に誠なしと世の人の申せども、それはみな僻言《ひがごと》。譯《わけ》知らずの言葉ぞや。

誠も嘘《うそ》ももと一つ。

浄瑠璃《じょうるり》・三世相　千代歳――

プロローグ

深夜零時を過ぎるとアーケード通りは酔客さえもまばらになって、その廃《すた》れぶりは惨憺《さんたん》たるものだ。ひと頃ならばこの時間帯から次の店を探す者がわらわらと湧《わ》き出して、千鳥足で闊歩《かっぽ》していたものだが、今では客よりも客を待つ女たちのほうが多いときている。

お兄さん、お兄さん、いい娘《こ》がいるよ、寄ってかない？

呼び込み専門の男の声が店の女たちのそれと入れ替わったのはいつだろう。女たちが自ら客を引くなら、店には閑古鳥《かんこどり》が鳴いているのだ。

男は咥《くわ》えタバコを地面に投げ捨て、踏みつけて性急に火を消した。最後の煙を頭上に吐《は》いて、首の後ろをガリガリと掻《か》く。その肌は暑さと湿気《しっけ》でベタついて、指先に蚊の嚙《か》み跡がプクリと触れた。真夏の雨は蒸《む》し暑《あつ》いばかりで気が滅入《めい》る。

どうせならザーザー降って道路も街も冷やしゃいいのに、こんなしょぼい降り方じゃ、湿気が足されて不快じゃねえか。

アスファルトに染《し》みこんだ脂や汚れの臭《にお》いが立ちのぼり、もはや何を嗅《か》がされているのかわからない。そのくせ変色した電柱が吐くのは小便の臭いでムカムカとする。アーケードを覆《おお》うポリカーボネートの屋根は建物との間にわずかばかりの隙間《すきま》があって、そこから滴《したた》り落《お》ちる雨が側溝に溜《た》まってベカベカ輝く。下卑《げび》て物悲しいぼったくりバーのサインを反射しているせいだ。

しけた街だぜ、と男は吐き捨て、二本目のタバコを咥えたとたん、ポケットでスマホが震えた。雨の飛沫《しぶき》を避けるため、アーケードの中央に寄って電話に出る。

「なんだ?」

電話は子飼いの手下からだった。お調子者で仕事はできず、やることなすこと間が抜けていて、飼っておくのも馬鹿《ばか》らしくなってきた相手である。

「アニキ、ヤバいっす、ミカが消えました」

「あん? 消えたってなんだよ」

「無断で店を休んでるってんでアパートへ来てみたら、もぬけの殻っす。アニキと一緒じゃないすよね」

「んなわけあるか。荷物は?」

「そのまんまっすけど、スーツケースが無くなってんで」

「バカヤロウ、早く探して連れ戻せ。あいつにはまだ……」

知らず大声になっていたのに気がついて、声を潜めた。ガランとしたアーケード街にも客待ちの女どもはいて、電柱の陰から首を伸ばしてこちらの様子を窺《うかが》っている。

「貸しがあるんだぞ」

「それなんすけど、どこを探せば」

「んなこた自分で考えろ。友人関係押さえてんだろうが。片《かた》っ端《ぱし》からそいつらの家へ行って脅してこい」

「あ、そうっすね。行ってみます」

「相手が四の五の言ってもな、ドアの前で納得しねえで、必ず目で確認するんだぞ？ 見つけたら俺に電話しろ。クソアマが、なめやがって」

相手が電話を切ったので、口《くち》の端《は》に挟んでいたタバコに火を点《つ》けた。湿気でライターは一発で点かず、カチカチとやっているうちにますます腹が立ってきた。

逃げただと？ ふざけやがって。まだ元を取ってないのにどうしてくれる。最近は何をやっても面白くない。昔のようには稼げなくなったし、そもそも繁華街に人通りもないとはどういうことだ。ようやく火が点いたタバコの煙を吸い込むと、「クソったれめ」と言い捨てて、威勢よく鼻から噴き出した。

タイトな服を着た女が二人、コソコソと男から目を逸《そ》らす。フィリピンパブの姉ちゃんたちだ。ツケが利くなら飲んでもいいが、稼がせるのが身上で、貢ぐためにここに来ているわけじゃない。

いまいましいので踵《きびす》を返して、アーケードから脇《わき》へと延びる小路に入った。

チロリン村などともてはやされて朝から晩まで客の入りが絶えなかったのは、ジジイの時代の昔話だ。その当時しこたま稼いだ地権者たちが店を手放さないから、街は持ち主同様に年老いた。なんでもそうだが新陳代謝が必要だ。薹《とう》が立った年増《としま》よりフレッシュな若い女、古い店より新しい店のほうが客入りはいいと決まっている。そうは言っても、店も女もあっという間に老いていく。常に新陳代謝が必要なんだ。

小路はポリカーボネートの屋根がないから、シトシトと降る雨が肩を濡《ぬ》らした。人通りもなければ明かりすらなく、いつの時代の遺物かという街灯がぽつんと黄色い光を灯《とも》している。正面舞台に当たるアーケード側は改修されているものの、舞台袖《そで》の小路に入ればすべてハリボテだとわかる。オンボロ物件に化粧を施して新しく見せているだけなのだ。小路の幅は広げた腕が左右の壁に触れるほど狭く、板塀に土の庭という風情の『楽屋裏』が剝《む》き出《だ》しだ。軒が低く、二階には木製の物干し台が斜めになって、土が剝き出しの裏口はビールケースや壊れた椅子《いす》や生ゴミの袋などが積みっぱなしで、灰色になった瀬戸物や、箱に入れられたガラクタが悲哀を湛《たた》えて奥にある。リノベーションされたケーキ屋や一杯飲み屋はすでに店を閉めていて、小路とのわずかな隙間にスタンド式の看板が押し込まれている。すぐ目の前を猫が通って、男に向かってニャアと鳴く。

「うるせえ」

蹴《け》り上げると猫はスタンド看板を駆け上がり、傾《かし》いだ塀を登ってどこかへ消えた。路面はグレーの敷石《しきいし》で、そこに溜まった雨水が街灯の乏《とぼ》しい明かりを照り返す。霧のような雨は中空に広がって、見上げると街灯の光が輪のようで、それ以外はどこまでも薄暗い小屋裏だ。小路は古い臭いがする。

シトシトシト……シトシトシト……。

軒を落ちる雨さえも、音を立てずに闇《やみ》の中へと消えていく。自分の足音を聞きながら歩き続けて街灯の下を通り過ぎ、明かりを背負うと前方は闇だ。

ん、なんだ、この道はこんなに暗かったか？

そう考えたとき、奥に別の光が見えた。爪《つめ》の先ほどの火であった。それがチラチラ揺れながら暗い小路を進んでいく。不思議に思って足を止め、首を伸ばして目をこらすと、明かりに白い横顔が浮かんで見えた。薄い唇《くちびる》で伏せがちな目をした若い女のようだった。

「ふん」

男はタバコを投げ捨てて、今度は消しもせずに足を速めた。持っているのはロウソクか、それとも提灯《ちょうちん》の火だろうか。光は赤くゆらゆらと揺れ、細長い女の輪郭《りんかく》を不定形に描き出す。女の歩く速度はのろく、霧雨《きりさめ》に打たれることを楽しんでいるかのようだ。

いったい何をしてやがる。雨の夜中に放火でもあるまい。

湿気のせいか、長い黒髪は揺らぎもしない。身体《からだ》の線は細く見えるが、暗すぎて着ているものもわからない。腰から下は闇に溶け、上半身がおぼろに浮かぶだけである。足音を忍ばせて後をつけていると、彼女はそろりと横に逸れ、画面から見切れるように見えなくなった。小路の途中に畳二枚分程度の空き地があって、草の中に石がある。墓なのか、道標なのか、その気で見たこともないので知らないが、笹《ささ》や草ぼうぼうの不気味な場所だ。

さて、どうする？　と、男は考えた。

こんな時間に手灯《あか》りで小路をうろついているなど、訳《わけ》ありの女に違いない。

そういう女を仕入れて売るのが、この男の身上だ。

素早くシャツの襟を立て、ずり落ち気味のズボンを引っ張り上げると、男は濡れた髪を両手で整え、ポケットからハンカチを引っ張り出した。さっき薄明かりに浮かんだ顔はそこそこの器量だったし、華奢《きゃしゃ》ではかなげな印象の女を好む男は多い。特にこの業界では、気弱に見える女は売れる。

板塀の先に灯りがチラつく。揺れているのは火の色だ。首を伸ばして先を覗《のぞ》くと、はたして女は草藪《くさやぶ》に埋もれてしゃがんでいた。その前には石がある。墓か道標と思っていたが、石は祠《ほこら》の形をしていた。女はそれに手を合わせている。

一抱《ひとかか》えほどの小さな祠は自然石の台座に鎮座《ちんざ》していた。高さは膝《ひざ》に届かぬほどで、格子の扉にボロボロのしめ縄と御幣が下がっていた。そぼ降る雨に打たれつつ、祠にロウソクの火が燃える。うなだれる女の顔はわからなかったが、肩の細さと着ているものから若いと思う。祠にロウソクを奉じて手を合わせ、すすり泣くように背中を震わせていた。なんの祠だろうと首を伸ばして、男は一瞬ギョッとした。

それというのも、ぬらぬら光る台座の赤さが目に飛び込んできたからだった。血ではなく、ロウソクの溶けた跡である。女が供えたロウソクも真っ赤に染めたものだった。ポツ、ポツ、ポツ、と草藪が鳴る。雨が笹に滴る音だ。女の足も濡れている。薄い色のズルズルした服が裾《すそ》から水を吸い上げて、土左衛門《どざえもん》のようにも見える。背中に貼《は》りついた黒髪の隙間に下着の線が透けていた。

「こんばんは」

と、男は女に呼びかけた。

「そんなところに屈《かが》んでいると、濡れますよ」

優しく言って反応を待つ。どんな女か知るためだ。人並みに会話が成り立たないと、あまりに馬鹿では始末に困る。

祠の前にはいくつもの火が燃えている。溶けて一体となった蠟《ろう》から突き出た灯心すべてに火が灯されているようだ。

俯《うつむ》いていた女の頭が静かに上がり、振り向かないまま、声だけがした。

「……はい」

あなたは誰かと問いかけるふうもなく、女は静かにそう言った。か細くて、けれど艶《つや》のある声は艶《なま》めかしくてゾクゾクしてくる。男は草藪に分け入って、持っていたハンカチを差し出した。振り向かないので腰を屈めて、女の視界に入る位置でハンカチを振る。

「なにか困ったことがあるのなら、ぼくが相談にのりますよ? あなたのような人がこんな時間に、こんなところで雨に濡れているのを放っておくわけにはいかない」

すると細い指がハンカチを押さえた。

黒髪がぱらりとこぼれて青白い頰《ほお》が少し見え、女はハンカチを受け取って、俯いたまま涙を拭《ふ》いた。表情は髪に隠れて見えないが、指の白さと細いうなじに興奮した。

「さあ」

立たせようと背中に触れて、その手を肩まで滑《すべ》らせたとき、おや? と、思った。なんだ? 女の背中は骨そのもののように痩《や》せている。それだけではない。女がわずかに首を傾げたとき、ブラウスの襟から覗いた肌に、もの凄《すご》い傷が走っているのが見えた。鉄の箸《はし》とか、傘の先とか、熱した棒状の何かでえぐられたような傷だ。傷口はじくじくと膿《う》み、そこにウジ虫が湧き出して、肌に血管の筋が透けていた。ヤバいと引っ込めようとした手を女の指が絡め取り、押しても引いても動かなくなった。女は手の甲に指を這《は》わせて引き寄せると、男の腕に冷たい頰を擦《こす》り付《つ》けた。ブニャブニャとして土左衛門のようない肌だった。

「ご親切に……どうも……」

ひええっ！　と、叫んだ悲鳴が自分のものかもわからないまま、男は草むらに尻餅《しりもち》をつき、その後のことは記憶になかった。


気がつけば自宅のベッドで、ずぶ濡れで靴を履いたまま、真夏に毛布を被《かぶ》って震えていた。女の顔など覚えておらず、血のように赤いロウソクと、そぼ降る雨と、雨でも燃えていた火のことだけが両の目に貼りついたように思い出されて、瘧《おこり》に罹《かか》ったように寒気を覚え、高熱を出して寝込んでしまった。着信音を何度か聞いたが、酷《ひど》い寒気と倦怠《けんたい》感で起きることができず、ずっと靴を履いたまま、布団の中で唸《うな》り続けた。

どれくらい時間が経《た》ったのか、男は薄闇《うすやみ》に目を開けた。窓辺には乱雑に閉じたカーテンが見え、隙間にどこかの明かりがチラついている。身体は汗びっしょりで、それを吸った布団は重く、枕《まくら》は肌に貼りついていた。布団の中でようやく靴を脱いだとき、皮膚は冷たくなっているのに身体の芯《しん》は燃えるようだと気がついた。水を飲まなきゃ死んでしまう。そう思ったので腕を伸ばしてスマホを探した。時間を確かめると深夜零時をまわっている。いつ寝て、いつになったのか、男にはさっぱりわからない。泥のように覚束《おぼつか》ない身体を無理矢理起こし、手の甲で汗を拭《ぬぐ》ったとき、コツ、コツ、コツ……と、音がした。

目を転じれば自宅の広いリビングだ。

脱ぎ散らかした服にまみれた高級家具や、ガラスのテーブル、バカラのグラスにウイスキーのボトル、灰皿や、枯れかけた花瓶《かびん》の花がうっすら見える。ドアは開け放たれていて、奥に廊下が続き、その先にある玄関は闇に溶けていた。

コツコツコツ……そちらでノックの音がする。インターホンがあるのに誰かがドアを叩《たた》いているのだ。無数の蜘蛛《くも》が全身を這い上がってくるかのような怖気《おぞけ》を感じた。

コツ、コツ、コツ……それは窓を叩く雨のようにも、女の細い指先がドアに爪を当てている音にも思われた。

「誰だ！」

ドスを利かせたつもりが、嗄《か》れた喉《のど》から出るのは力のない声だった。

コツ、コツ、コツ……そして女の声がした。

「こんばんは……ごめんください……こちらは不二川《ふじがわ》さんのお宅でしょうか」

背中に水を浴びたようにゾッとした。声の主があの女であると感じたからだ。

どうして名前を知っているのか。どうしてここへやって来たのか。女の顔は覚えていない。思い出すのは背中の傷と、這い回って膿《うみ》を舐《な》めていたウジ、腕にこすりつけられた屍《し》肉《にく》の感覚だけだった。確かに俺から声は掛けたが、そのほかのことは覚えていない。

「こんばんは……ごめんください……」

生きた人間の声とは思われない。わかっているのは、もう二度と、あの女には会いたくないということだ。無言でいると、

「お借りしたハンカチを……返しに来ました」

と、女は言った。ポケットに手を突っ込むとハンカチがない。薄気味悪い祠の前で女に渡したままだった。

「いらない。あんたにやるから帰ってくれ」

コツコツコツ……不二川さん……コツ、コツ、コツ……。

「いらねえよ。帰ってくれ」

コツ、コツ……ごめんください……コツコツコツ……不二川さん。

「いらねえって言ってんだろうが、帰れ！　帰れ！」

男は靴を投げつけたが、玄関までは届かない。すると声の調子が変化した。

「……ならばおのれは……どうして吾《われ》に情けをかけた」

「はあっ？」

「わかっているとも……だから、おのれの欲しいものをやろう……欲しいものをやろうじゃないか……」

バンバンバン！　今度は強くドアを叩いた。

窓には雨が当たっている。玄関からは腐臭が漂い、ドアの隙間を通って部屋に来る。男

の位置からは見えずとも、玄関は腐敗した水が染みこんでくるのがわかる。やろう……欲しいものをやろう……それが望みだろう……わかっているとも……それ……やろう。

男の怒号が悲鳴になっても、ドアを叩く音は鳴り止《や》まなかった。


濡れた路面にパトカーの回転灯が映り込んでいる。消防士が放水ホースを回収するのを見守りながら、最近火事が多いわねえと、野次馬どもが囁《ささや》きを交《か》わす。目の前にはマンションホールがあって、消防士らが布で覆われた担架を運び出していくところであった。

現場に横付けしていた救急車は、空身のまま撤収していくらしい。

夜明け前の空は藍《あい》と金色に紅が混じって、小鳥の鳴き声がどこかで聞こえた。降り続いていた雨が数日ぶりに上がって、山《やま》の端《は》に夏の色が差していた。

火災現場は住宅密集地に建つマンションで、住民たちも肩を寄せ合って様子を見守っている。担架はゆっくりホールを出ると、救急車ではなく遺体搬送車に積み込まれた。そのとき片手がぶらりと落ちて、黒焦《くろこ》げで肉のそげた手首が覗いた。異様な臭いに顔をしかめる人々を余所《よそ》に搬送車のハッチがバタンと閉じて、回転灯が回り始める。

担架を運んできた消防士の一人が、出ていく車を見送りながら溜息《ためいき》を吐《つ》いた。

「……またたよ……どうなってんだ」

別の消防士も車のバックライトを見ながら小さく言った。

「死者も多いし、焼け方も変だ。どうしたのかな」

出火元はマンションの最上階で、焼け跡から男性とおぼしき遺体が出た。すでに火は消し止められたが、あたりには異臭が漂って、壁面を見上げれば火災で割れた窓から屋上に向かって炎の跡が黒々と残されていた。

不思議なことに、燃えたのはその一室だけだった。

其《そ》の一　安田怜《やすだれい》の夏休み

休んでいても月給が減らされない。それは人生をアルバイトで食いつないできた安田怜にとって初めての、幸福すぎる経験だった。

警視庁本部ビルの地下三階に研究室を構える異能処理班ミカヅチは、構成メンバーが公務員と準公務員に当たるため、ありがたいことに三日間の夏期休暇を申請する権利が約束されている。よって霊視能力という異能を買われて当班にスカウトされた安田怜は、この夏初めての夏期休暇を申請して、了承を得たのであった。

ほんとうに休んでいいのか。しかもその間も給料がもらえるなんて。有給休暇が当たり前の人たちの中に自分がいるのが信じられない。先のことなど考える余裕もなく生きてきたけど、病気で寝込めばすぐさま生活が困窮する状態からは抜け出せたということだ。

八月。夏期休暇の前日は夏らしく晴れ渡った日であった。午後五時を過ぎても空はまだ紺碧《こんぺき》で、江戸城の白壁は鮮やかさが目を射るほどだった。真夏の太陽が路面にくっきり影をひき、道行く人は日傘やハンカチを持っていた。木陰《こかげ》を選んで歩いてもアスファルトがオーブンのようになっていて涼しさはなく、リュックが汗でべたつく不快さに、ときおり背中に拳《こぶし》を挟んで風を通した。信号が変わるのを待つ間にも熱波はジリジリ肌を焼く。

冷暖房完備の職場に勤める弊害は、暑さ寒さに身体が対応し難《にく》くなることだ。流れる汗を手の甲で拭って、怜は道路を横断した。大急ぎで向かった先は永田町にある国立国会図書館で、仕事終わりに急いで行けば一時間程度は調べ物ができる。ここでは、もはや入手困難になった書籍や専門的な参考図書類を無料で閲覧できるため、怜は仕事終わりから図書館の閉館時間まで、施設を利用して悪魔や魔術、その歴史や背景について調べていた。

建物に駆け込んでリュックをロッカーに預けると、施設が貸し出す透明バッグにノートとスマホを移し替え、利用者カードをタッチしてゲートを通った。そしていつもの専門室へと向かう。専門室では定位置となってしまった机にバッグを載せて、必要な書物を書架から引き出す。悪魔学大全集、魔女と悪魔、闇の権力、カナンの遺言、悪魔を呼び出す術、錬金術と黒魔術、ほかにはオカルティストと神秘主義など。

一月《ひとつき》程度で怜が調べた文献は数多《あまた》に上るが、本当に欲しい知識はまだ見つからない。それぞれの書物には興味深い記述があるものの、悪魔との契約を反故《ほご》にする方法は書かれておらず、すべてに共通している記述は『悪魔との契約は絶対だ』ということだった。

極意京介《ごくいきょうすけ》という男を悪魔との契約から解放したい。

怜は彼を救うと決めたから、懸命にその方法を探している。

怜が所属するミカヅチは異能者の集団だが、誰も救わない。怪異を止めないし、祓《はら》いもしない。怪異が起こす事件を人が起こした事件に偽装し、隠蔽《いんぺい》するのが仕事である。怪異に無神経な人々がオカルトじみた主観でそれをねじ曲げることがないよう秘して護《まも》る番人だ。

「そう……ミカヅチ班は救わない……」

役に立たなかった書籍をパタンと閉じて、怜は小さく呟《つぶや》いた。

本をよけ、別の本を引き寄せる。

「でも、極意さんは仲間だ」

みすみす悪魔の思いどおりにさせていいはずがない。見えない人が突然不幸に遭うのとは話が違う。見えるぼくらは何がどうなってそうなっていくのか、すべてを知っているわけだから。それは、つまり、指を切られた経験を持つ人が、残された全部を失う痛みを待つようなもの。しかも痛みと苦しみはエンドレスに続くんだ。

ヒントになりそうな言葉をノートに書き付け、書名とページを書き入れて、さらに深く内容を探る。様々な書籍の端々《はしばし》から拾い上げたエピソードや閃《ひらめ》きを仮説に結びつけていく作業は途方もなく、脳みそをフル回転しても追いつかない。時間も能力も圧倒的に足りてない。タイムリミットがあるからなおさら、怜は焦りに追い立てられる。

そろそろ太陽が傾き始めた午後七時少し前、怜はメモを取る手を止めて天井を仰いだ。

人は怪異に太刀打ちできないし、世界は人に理解不能な理によって動いているから無闇《むやみ》に手を出すべきではないと、ミカヅチ班に迎えられてから教わった。当然ながら悪魔に逆《さか》らって契約を反故にすることなどできるはずがないと、班のみんなは考えている。

人に比べて悪魔は最強か？　ほんとうにそうなのか。

怜は何度も自分に訊《たず》ね、未《いま》だに答えが出せずにいる。

理由もきちんとわかっている。納得できない答えが真実だと知るのが厭《いや》だから、わずかな光を求めてもがいているのだ。だって、と、怜は自分を励《はげ》ます。古い民話や伝承には人が悪魔を謀《たばか》る話がけっこう出てくる。間抜けな悪魔とそうでない悪魔がいるのかもしれないけれど、悪魔だから最強なんだと信じてしまえば、そこで話は終わってしまう。『勝てない』と言われて『はいそうですか』と答えるならば、残るのは諦《あきら》めだけだ。

「ふう……」

溜息を吐いて瞬《まばた》きをした。

極意さんは大切な仲間だ。いくら『救わない』班だからって、一緒に悩むこともせず、見ないフリなんてあんまりだ。『できない』とみんなが言うのなら、『できる』理由を探してみせる。資料を提示して作戦を考え、プランを立てる。

それに納得してみんなが動けば起死回生のチャンスはきっと摑《つか》める。たぶん、きっと……それでも、もしもダメならば……

「独《ひと》りでもやる」

と、怜は自分に言った。

極意京介はミカヅチ班の連絡係で、警視庁捜査一課の刑事である。背が高く、強面《こわもて》で、笑い声は破天荒、そのくせうっとりするほど甘いテノールを持っている。

彼は難病を患う妹を救いたい一心で己の肉体を医者に差し出し、後に相手が悪魔だったと知らされた。以降は魔力に影響されて、少しずつ異形《いぎょう》に変じている。妹の命が助かって契約が履行されれば極意京介の魂は消え、彼の肉体を乗っ取った悪魔が誕生するというわけだ。だいたい妹さんが妙な病気になったのだって、悪魔の計略だと思う。最初から極意さんに狙《ねら》いを定め、彼の性格を見抜いた上で医者に化けて契約させたんだ。

卑怯《ひきょう》者め、絶対そうだ。

奴《やつ》らの思いどおりにさせてなるものか。そのことを、怜はずっと考えている。

閉館時間がきたのでノートを閉じて、積み上げた書籍を書架に戻した。

そもそもあんなのは契約でもなんでもなくて、家族を思う気持ちに付け入って極意さんを騙《だま》した詐欺《さぎ》だ。怜はそこに怒っているが、詐欺みたいな契約だからこそ理はこちらにあって、そこに一縷《いちる》の望みがあるとも考える。悪魔がいるなら神もいる。それなのに、どうして悪い力ばかりがあからさまに人と接触し、神はそれを許すのだろう。そしてぼくは神の存在を疑いながらも、理はこちらにあると望みを抱いているのだろう。

悪魔や黒魔術関連の書籍を納めた書架は、その一角だけに闇が貼りついているようだ。書籍ですら瘴気《しょうき》を吐くのなら、悪の力は計り知れない。重厚な金箔《きんぱく》押しの背表紙に指を這わせて、極意京介の顔を思い浮かべた。警視庁捜査一課のエリートだから、彼の呼び名は『赤バッジ』。極悪非道な犯人も震え上がるような強面だけど、中身は愛と情に溢《あふ》れている。

彼を悪魔にさせてはいけない。極意さんが悪魔になって、愛ある人を騙して裏切らせるなんて、死ぬより辛《つら》いことだろう。地獄の犬に喰《く》わせるのもイヤだ。極意さんを救えないなら、ぼくの異能に意味はない。怜はそう思い詰めている。

閉館を知らせるアナウンスが聞こえてきたので使用した椅子を戻して、透明バッグに荷物を入れた。そうして部屋を出るときに、一瞬だけ、書架の隙間に影を見たような気がした。この時間にこの専門室にいるのは怜だけだ。立ち止まって振り向けば、微《かす》かに腐敗臭がする。魔書が吐き出す悪魔の臭いか、それとも悪魔が怜を見張っているのか。書架の隙間には闇が凝《こご》っているものの、悪魔の気配は感知できない。

怜はそのまま部屋を出た。

図書館の外ではいよいよ空が暮れようとしていた。気温はまったく下がらずに、街灯の明かりすら蒸し暑く感じ、飛《と》び交《か》う虫が鬱陶《うっとう》しかった。冷房で一度引いた汗が再び滲《にじ》んで、街路樹が吐き出す息さえアスファルトの臭いと混じって感じた。

木立の向こうに警視庁のアンテナ塔が覗いて見えて、地下に封印されている『力』のことを怜は思った。ミカヅチ班は封印の扉を護る番人なのだ。

ああ、そうだ。汗拭きシートと旅行グッズの小物を買うのを忘れていたと、警視庁のアンテナを見て思い出し、ついでに夕飯も買っていこうと合同庁舎のコンビニへ寄ると、当番勤務の神鈴《みすず》がやはり、夕食とおやつの買い出しに訪れていた。

「やだ、安田くん、まだこのあたりをウロウロしてたの？」

失礼な言い方をして笑っている。

「図書館へ寄っていたんです」

神鈴の買い物カゴにはゼリーやプリンやケーキなどのスイーツと、鶏《とり》そぼろ弁当が入っていた。汗拭きシートと吸水タオルをカゴに入れる怜のあとをついてきながら、

「夏休みはどうする予定？」

と、訊《き》いてくる。

「ナイショです」

答えて百円ライターをカゴに入れ、弁当コーナーでオムライスを探す。

「オムライス好きなんだ」

興味深そうに神鈴は言った。

「昨日は水曜日だったのに、オムライスを食べなかったから」

苦笑しながら答えると、「なにそれ」と、神鈴は笑った。

「コンビニでバイトしてたとき、水曜日はオムライスっていうお客さんがいて」

「へえ、だから?」

赤いケチャップが載ったオムライスを手に取ると、怜はそれをカゴに入れ、

「それで時々、水曜日にオムライスを食べたくなるんです」

と、微笑《ほほえ》んだ。その客がコンビニへ来る途中で事故に遭い、最後のオムライスを食べられなかったことは黙っていたが、神鈴は深く訊くこともなく、

「安田くんって変わってるよね」

と、訳知り顔で頷《うなず》いた。

「まあ、うちの班はみんな変わっているけど……あのさ」

「はい」

「ううん、いい。なんでもない――」

斜掛けしているポシェットは表情を持たない猫の顔。神鈴は髪を耳にかけ、

「――夏休みをどう使おうと、安田くんの自由なんだし」

と、微笑みながらレジのほうへ行ってしまった。神鈴のカゴにあったゼリーが美味《おい》しそうだったから、怜はそれもカゴに入れ、コンビニを出ていく神鈴に手を振った。暮れていく空には赤みが少し残っていて、ねぐらへ帰る鳥の群れが黒い点のようだった。

さあ、いよいよだ。休んでいても給料がもらえる幸福は自分に味方する何かの力だと思うことにして、それを最大限に活用しようと、怜は自分を鼓舞した。

車窓の景色がどんどん変わる。建造物や電線がゴミゴミと並んだ都会を抜けると空は徐々に広がって、軽井沢に着くころには建物より森や緑が目立つようになった。

夏期休暇を利用して、怜は長野へ向かっていた。

リゾートを楽しむ人々が軽井沢駅で降りてゆき、再び走り出すと列車は善光寺平《ぜんこうじだいら》へと入っていく。視界を遮《さえぎ》るような高い建物があまりないので、街の様子がよく見える。

上田駅を過ぎて犀川《さいがわ》の鉄橋を渡るとき、折り重なる山々のさらに奥、空のただ中に尖《とが》った尾根を突き出す北アルプスが見えて、思わず声を上げそうになった。

出自も血統もルーツも知らず、行政の恩恵に与《あずか》って他者が用意してくれた場所でしか生きてこなかった怜は、自分の意志で東京を出るのも初めてならば、長野市へ向かうのも初めてだった。慢性的に住む場所や金に困っていたから旅をするゆとりなんてなかったし、置かれた場所の片隅《かたすみ》で今日を生きるのに精一杯で、新幹線のチケットを買うなんてこともなかった。北アルプスが見えたのは一瞬だったが、知識としてしか知らなかった標高三千メートル級の山々を実際に目にすると、荘厳さに心が震えた。

足下の大地は広くつながっていて、あれほど高い場所にも届くんだ。尾根から見下ろす世界はどれほど広大で、人々やその営みは、どれほど些細《ささい》に見えるのだろう。神の視点もそんなものかな。だから神という存在は、人が試練に遭っても無頓着《むとんちゃく》でいられるんだろうか。

車窓から目を転じると、そこにいるのは自分と同じ人間で、決して些細な存在ではない。パソコンを開いて仕事をする人、子供たちと一緒に旅をする人、様々な日常が見て取れる。それは何より大切なもの。騙されて理不尽に奪われてはいけないものだ。

——安田くん。それを執着というのです。執着は目を濁《にご》らせる。とても危険なことなんですよ——

土門《どもん》班長の声が脳裏に聞こえた。赤バッジこと極意京介を救いたい一心であれこれ調べているときに、土門がそう言ったのだ。

——人が自分以外を救おうとするのは愚かなことだ。この世に生きるわずかな期間をどうするか、決めるのも進むのも努力するのも自分次第で、それを選ぶのも自分自身だ——

赤バッジについて、同僚の広目《ひろめ》はそう言った。

広目や土門だけじゃない。転がり始めた運命は容易にストップを掛けられないと、ミカヅチの仲間たちは口々に言う。彼の人生に口を出したり手を出したりするのは、危険で愚かなことだって。本当にそうなら……と、怜は思う。

ミカヅチ班が護っていて、広目さんがリーサルウェポンと呼ぶ扉の中身と、悪魔を戦わせたらどうなんだろう。毒をもって毒を制して、世界から悪の根源を抹消したら。

――人ごときが強引に摂理を変えれば、どうなるね？――

平 将門《たいらのまさかど》の首塚《くびづか》で死んで幽霊になった警視正が脳裏で訊ねる。

怜は記憶をたどる作業をやめた。

牧歌的な風景の中を走ってきた列車が街らしき一帯に滑《すべ》り込《こ》んでいく。間もなく長野駅に到着するとアナウンスが聞こえたとき、怜はスマホで目的地へのルートを探し始めた。

駅に降り立つと、車体が吐き出す熱波と共に機械油や焼けた線路の匂いがして、高校の修学旅行を思い出した。列車が駅に到着したときの匂いは、どこも変わりがないようだ。地方の駅はコンパクトでわかりやすく、人の流れに乗るまでもなく新幹線降り口へと吐き出されていく。

改札口を出ると、美しい高原や歴史的景観を案内する液晶モニターが正面にあって、長野市内の観光地へと旅人を誘《いざな》っていた。左手には巨大な額と丁碑《ちょうひ》のレプリカが置かれて、この街が善光寺で栄えたことをアピールしている。その前に立って怜は巨大な額を見上げた。山門に掲げられているという鳩字《はと》の額は、古《いにしえ》の人にも洒落《しゃれ》っ気《け》があったと教えてくれる。お寺の顔ともいうべき扁額《へんがく》に牛や鳩が隠されているのだ。目的地が善光寺ではないので、額に一礼して駅を出た。

アプリの案内に従って駅前広場でバスを待つ。

目指すのは市街地にある墓地で、ミカヅチ班の連絡係を訪ねていくのだ。

秘密裏に怪異を見守るミカヅチ班は全国の警察署に異能の連絡係を置いている。長野県警の担当は小埜《おの》といい、定年後に郷里の長野へ帰った人だ。少し前に全国で地霊が騒いだとき、史跡川中島《かわなかじま》古戦場で切腹自殺や人斬《き》りが起きたと知らせてきたが、そのときたまま怜が電話を取って、地霊が騒ぐのは『深刻な兆候』なのだと教えてもらった。そして兆候とミカヅチ班が護る扉との因果《いんが》関係を聞く前に、電話は切れてしまったのだ。

あのとき小埜さんは何を言おうとして、それをなぜ、ぼくに伝えてくれようとしたのか。小埜直通の電話はないから、怜はそれを長野まで訊きに来た。扉の謎《なぞ》に難題を解く鍵《かぎ》があるかもしれないと考えてのことだった。

長野駅のロータリー広場にはふくよかな姫が花を捧《ささ》げ持つ銅像があって、路面から吹き上がる銀の噴水に濡れている。周辺では巨大な水鉢に蓮の花が植えられて、炎天に涼を呼んでいる。気温は高いが湿気は少なく、木陰の風は爽《さわ》やかで、これが信州なのかと思う。

何台ものバスがやって来て、客たちを乗せて走り去る。山からの風に吹かれて水音を聞き、アプリが勧める停留所で待つことしばし、ようやく目的のバスが来た。

乗ってみると、押しボタン式の路線バスだった。車内は空いていて、苦もなく座席に着くことができた。運転席の上部に表示されたバス停の名称を確認し、降りるときもたつかないよう小銭を数える。乗車券と一緒に小銭を握って外を眺《なが》めると、バスは善光寺への目抜き通りを一直線に上っていくところだった。車道は石畳で左右の歩道が広く、街路樹はハートの葉を持つカツラの木だ。それらの合間に灯籠《とうろう》が立って、行く手の坂にお寺の門が見えていた。善光寺を通るのだろうかと思っていると、バスは手前で迂回《うかい》して、商業地へと入っていった。どの道を通っても建物の奥に山々が見える。青空に白い雲がくっきり浮かんで、虫網を持った小学生やひまわりが似合う街だなと思う。

車は再び坂を上って進み、やがて、通り沿いにお堂や墓地が見えてきた。怜はそこでバスを降り、道路を渡って墓地へと向かった。

長野のお盆は月遅れという。盆の入りには盆花を売る市が立ち、人々は墓参りして死者を自宅に迎え、盆が終わると再び墓まで送っていくのが習わしで、盆の中日《なかび》は公園やお寺の庭で盆踊りが開催されて、生者と死者が共に踊りに興じるらしい。

お盆間近の昼近く、墓地では元気に蟬《せみ》が鳴いていた。

砂利敷きの道を踏んで敷地《しきち》へ入ると、お堂は扉が閉ざされていて、住職が常駐していないようだった。そこここに夏草や花が茂って草熱《くさいき》れがし、日を浴びた墓石がてらてらと光っている。墓地は広く、外柵《がいさく》の間が入り組んで、小埜家の墓がどこにあるのかわからない。一通り歩いてみてから、怜は参道に植えられた桜の下で立ち止まった。

この墓地は駐車場からお堂に向かう道と、お堂から墓地の外れへ向かう道の二つが広く、それ以外は墓石同士がみっしりと向かい合って迷路のようになっている。桜の周囲にあるのは古い墓で、自然石の丸い墓標などは背中合わせに地蔵尊が祀《まつ》られているし、そのまた隣は五輪塔というように、寺院墓地ならではの多様な墓が並んでいた。

対してモダンなデザインの新しい墓は、駐車場の敷地を浸食するかたちでお堂から遠いところに固まっている。小埜家の墓はどちらにあるのか。土門から場所は聞いたが、お墓の位置まではわからない。都内近郊にある墓所のイメージで、整然と並ぶ墓石を端《はし》から見ていけばわかるだろうと軽い気持ちで来てみたが、実際には迷ってしまい、どの列を見終わって、どの列に来たかもわからなくなった。

怜は木陰でリュックを下ろし、線香と百円ライターを手に目を閉じた。

「長野県警連絡係の小埜さん。いつぞやは失礼しました……ぼくです。警視庁異能処理班ミカヅチの安田です。小埜さんと話したくてここまで来ました。どこにいますか?」

無人の墓地で語りかけてみる。

木漏れ日が瞼《まぶた》の裏でチラチラ揺れて、風が特有の匂いを運んできた。管理の行き届いた場所らしく、不穏な気配は感じない。香っているのは花生けに溜まった雨水や、暑さにとろけたロウソクや、墓石がため込んだ日光や線香の残り香、そして蒸《む》された草などだ。

「小埜さん」

と、怜は心で呼ばわる。桜の枝葉がさらさらと鳴り、騒がしい蟬の声が遠のいてゆき、瞼の裏の木漏れ日が一瞬暗くなったように思えた。

「安田くんか……よいときに来たな」

首筋に近いところで声がして、怜はハッと目を開けた。振り返れば肩口に顔がある。

警視正もそうだが、幽霊というものは生きている人間を脅かしたがる性《さが》を持つようだ。ギョッとして身を引けば、柳ならぬ桜の下に警察官の制服を着た老齢の男が立っていた。年の頃は七十半《なか》ば。制服は葬儀のときに遺族が着せたものだろう。小柄《こがら》で痩せ型、白髪交じりの髪はウェーブしていて襟足が長く、昭和のイケメン俳優のような面立ちだ。足下に影がないことを除けば、生きている人とほとんど変わらない。

「小埜さん――」

と、怜は頭を下げた。

「――お墓まで押しかけてすみません。どうしても教えていただきたいことがあって」

小埜はニヒルに微笑むと、クイッと首を傾げて踵を返した。

ついてこいというのである。けたたましかった蟬の声が止み、吹く風も葉ずれの音も静かに消えた。墓石が立ち並ぶなかを行き、ときおり他家の外柵の中へも踏み入って、小埜は墓地の奥へと歩を進め、やがてひとつの墓の前で止まった。敷地に五色の玉砂利を敷き、黒御影石《みかげいし》に金字で彫刻を施してある墓だった。

「ここだったんですね」

怜は服の埃《ほこり》を払うと外柵の中に入って拝石に膝を折り、線香に火を灯して手を合わせた。薄白い線香の煙は真《ま》っ直《す》ぐに上がってゆるりと別れ、墓石の周囲をたなびいていく。奥深く濃厚な伽羅《きゃら》の香りは電話の小埜のイメージで怜が選んだものだが、あまりに高価で数本しか買えなかった。でも、やっぱり小埜さんにピッタリだと思う。

「素晴らしい香りだな」

と、怜の背後で小埜は唸った。

「長野の盆は八月だからね。もうじき地獄の釜《かま》の蓋《ふた》が開き、死者はそれぞれの家へと帰る。残る亡者は善光寺へ行くが、この墓地には亡者がいない」

弔《とむら》われずに迷っている死者を亡者と呼ぶが、少なくともこの墓地には、そうした死者はいないと言うのだ。焼香を終えると、怜は立ち上がって小埜に向き合った。

「ギリギリお盆前でよかったです。長野駅で『お花市』のポスターを見て慌てたもので……知らないことがたくさんあります」

小埜は外柵の縁に腰を掛けるよう怜に促《うなが》し、自分も隣に腰を下ろした。向き合う他家の墓を眺めて、脚を伸ばすと指を組む。

「うむ。迎えが来たら私も戻って、ここにはいないところだったな。老いた妻が存命だしね、盆の間は縁ある霊が訪ねてくるので、色々と打ち合わせしたりで忙しいのだ」

小埜は優男《やさおとこ》だが目つきが鋭く、知性的な顔つきをしていた。亡くなったのはいつごろか、それがなぜかも知らないが、顔色もよく元気そうには見える。

「なんの打ち合わせですか？」

訊くと小埜は意地悪そうな顔で笑った。

「本家の婆《ばあ》さんは冬まで持たなそうだとか、分家の某《なにがし》は来春事故で死ぬが、意固地で人の言うことを聞かない性格だから、誰が迎えに行って説得するのがよいかとか、まあ、そんな打ち合わせだな。生前に遺恨があった者に迎えを任せれば、死者は彼岸に渡る前に出奔してしまい、一族から亡者を出すからね。そういうことがないように、打ち合わせを盆にするのだよ」

「死者が出たときは故人が迎えに行くしきたりですか？」

「あながちそうとも言い切れないが、小埜家の場合はそうなっている。私も死んでみてわかったことだが、それぞれの家に決まりがあって……まあ、それを含めて因果と呼ぶのだろうなあ」

血縁者がいない怜は思わず訊いた。

「死ぬとき誰も迎えに来てくれなかったら、どうなるんです？」

すると小埜は眉尻《まゆじり》を下げた。

「黄色い舟が来るから心配ないさ。乗るのを拒《こば》まなければ亡者になることは先《ま》ずないよ。自分が死んだとわからずに、舟から逃げる者は多いと聞くが」

「その場合はどうしたらいいんですか。舟に乗るチャンスは一度だけ？」

小埜はわずかに首をすくめた。

「ま、死んだと納得できるまで、あれこれやってみるしかなかろう。きみは霊が見えるのだから、そういう輩《やから》を知っているだろう」

ちまたに溢れる亡者のことを言っているのだ。一般人が浮遊霊と呼ぶヤツだ。

「はい。でも、すれ違ったり見かけたりするだけで、彼らがその後どうなったのかまでは知りません」

「自分がもう死んでいて、現世に居場所がないと納得できれば、また黄色い舟が見えるようになるよ」

「そして『向こう』へ行くんですね？」

「そうだが『向こう』も多層的でね……折原《おりはら》警視正のように地縛して現世に残る者もいれば、とっとと次のステージへ向かう者もいる。うちの本家の大叔父なんぞは、盆と盆踊りが好きすぎて、ずっと死者でいたいと言っている。夏の間は日本中を飛び回って各地の盆を満喫してな、これこそまさに極楽だと喜んでいるよ。盆の間は生前よりも血色がいいほどだ」

それをいうなら、生前は堅物で怪異の『か』の字も信じなかった折原警視正だって、首なし幽霊になったとたんに生き生きと最高責任者の任務を全《まっと》うしている。

「……死者の事情も色々ですね」

怜は溜息混じりに苦笑した。線香の匂いに包まれて墓場の外柵に腰掛けていると、長閑《のどか》すぎて気持ちが緩《ゆる》み、死者の眠りに絡め取られていきそうになる。朝早くに東京を出たこともあり、次第に頭がぼんやりしてきた。

「それで？　私に何を訊きたいのかね――」

と、小埜が問う。

「――眠たくなってる場合じゃないぞ。異能者のくせにきみは用心が足りないな。死者の私とこうして会話しているということは、今きみがいる場所は墓地であって墓地ではなく、あちらとこちらの端境だ。日中に端境に存在すれば、眠気は要注意と知らないのかね？　昔はヒダルガミなどと言って恐れられたものだが、用心しないと魂だけがこちら側に残ってしまうぞ。盆前の墓場にきみの骸《むくろ》だけが残されては住職も迷惑だろう。ミカヅチ班の沽券《こけん》にも関《かか》わる」

「すみません」

自分の頬をピシャッと叩いて、怜はリュックに入れておいた飲み物を出した。

ミカヅチに採用される以前はイカサマ高額祓い師をやっていたので、ヒダルガミのことは知っている。山道や峠や辻《つじ》などで突然凄《すさ》まじい空腹と眠気に襲われ、動けなくなる。そのまま眠れば命を落とすが、ヒダルガミに憑《つ》かれたと悟って、なんでもいいから飲んだり食べたりするといい。怪異ではなく低血糖を起こしたせいだという説もあるが、ヒダルガミに取り憑かれるのは端境に迷い込んでしまったゆえの現象だと、怜自身は思っている。『ものを食べる』という生者にしかできない行為をすることで、魂と肉体の乖離《かいり》を防ぐのだ。スポーツドリンクを飲む間だけ蟬の声や草熱れが蘇《よみがえ》り、そしてすぐに遠のいた。

眠気は去って、怜は真っ直ぐ姿勢を正した。

「小埜さんに教えてほしいのは、ミカヅチ班にある扉のことです。先ごろ電話で話したとき、小埜さんはあの扉について何か言おうとしておられましたね？　あの中には何が入っているんでしょうか」

怜と小埜の眼前を、黄色い蝶《ちょう》がゆっくりよぎる。一見するとキチョウのようだが、蝶ではなくて魂だ。端境の墓地のそこかしこには、蝶の姿を借りた魂が遊び戯《たわむ》れている。

小埜は怜から視線を逸らさずに何事か考えていたが、やがて静かにこう言った。

「ミカヅチ班は互いの命を縛り合ってまでして秘密を守る。採用されたとき、そういう話を聞かなかったかね？」

たしかに警視正はこう言った。我が班の活動内容は機密事項で、警視庁で働く四万人余りのうち、ミカヅチの存在を知るのもほんの一握りにすぎない。メンバーは互いの命を縛り合い、機密を漏らせば死ぬことになると。

「聞きました。でも、小埜さんはすでに死者です」

小埜は「はっは」と虚《むな》しく笑った。

「私をなめているのか」

「いえ、決してそんなことはありません。それにぼくはミカヅチの一員です。ぼくが扉の中身を知ったとしても、小埜さんが機密事項を外部に漏らしたことにはならないでしょう？」

「ふむ」

と、小埜は鼻を鳴らした。そのまま通路に生《は》え出た雑草を見る。

「折原くんや土門くんには訊いてみたかね？」

「訊きました」

「なんと答えた？」

「ハッキリしたことは何も……広目さんは『リーサルウェポン』と」

「なるほど、うまいことを言う」

それから怜にニヤリと笑った。

「だが、広目天《あまね》も土門くんも、もちろん連絡係の悪魔憑きも、松平《まつだいら》家の虫使いもだが、扉の中を知るはずがない。あれが開けば最後だと、そういう話を知っているだけだ」

「そうなんですか？　じゃあ……警視正も？」

「折原くんは死んでいる。死者には死者の世界が見えるさ」

「扉は死者の世界とつながっているんですか？」

小埜は両目をカッと見開き、怜ではない何かを睨《にら》む表情をした。

その目は濁った死者のものであり、遺体が土中で過ごした年月を連想させた。

「現世の生者に何をどう説明しようと理解できまい。つながっているといえばそうかもしれんし、違うかもしれない」

「中には何がいるんです？」

「『居る』というのも正しくはない。そもそもあれは『中』ではない。ただの『扉』だ」

「でも、扉は部屋とか、家の境界や結界に付けられるのが普通じゃないですか」

小埜は眉間《みけん》に縦皺《じわ》を刻んで両目を細めた。まだ睨まれているようにも、真剣に答えを探しているようにも見える表情だ。

「ひとつ訊くが、安田くん。きみが扉について知りたい本当の理由はなにかね？　よもやただの好奇心ではあるまい。ここまで私を訪ねてきたわけだから」

怜は前のめりになって訴えた。

「極意さんを助けたいんです」

小埜は意味がわからんというように眉根《まゆね》を上げた。

「先日のことです。国会議員の先生が巨大な犬に喰い殺されるのを見たんです。狒々《ひひ》と鷲《わし》、三つの頭を持つ怪犬で、地獄の犬と呼ばれるヤツでした。その先生は悪魔と取引していて、悪魔が魂を回収するシーンに出くわして……」

「それを見たのか」

「はい。あまりに怖くてミカヅチ班へ逃げ帰り……色々あって、極意さんが悪魔憑きになった経緯を知ったんです。彼の場合は契約じゃない。あれは詐欺です。騙されたんです」

「騙された……では訊くが、その男は対価を受け取っていないのかな？」

「……それは……」

怜は一瞬答えに窮した。悪魔が狡猾《こうかつ》なやり方をしたのは間違いないが、赤バッジの妹は臓器をドナーのものと交換しながら生き長らえている。

「……悪魔にそそのかされたとき、極意さんは相手を医者だと思っていたんです。妹のためならなんでもすると言ったのは、自分の臓器をすべて妹にあげてもいいという意味で、悪魔になってもいいと言ったわけじゃない。そもそも相手が悪魔だと知っていたら」

「助けてほしいと頼まなかったと思うのか？　なんでもするとは言わなかったと？」

「……わかりません。だけど極意さんがどうなるか、真実を隠して誘惑するのはフェアじゃないです。極意さんは悪魔が存在することも、やり口が超絶汚いことだって、知らなかったわけだから」

小埜は笑った。

「悪魔とはそういうものだよ。嘘つきで大言を吐き、万物に失望を与えて神を裏切らせるのが仕事だ。だがな、代わりに約束はきっちり守る。その男の妹は生きているのだろう、違うのか?」

「そうだけど……死ぬより辛い目に遭って、生きているって言えるんでしょうか」

赤バッジの妹は臓器移植を含む最新医療を受けるためにアメリカにいる。身体の中身を次々に取り替えて、その都度苦しい手術を受けて、チューブにつながれ、ベッドに縛り付けられている。死ねずにいると言うのが、きっと正しい。

「悪魔の肩を持つ気はないが、それは契約違反と言い切れないのではなかろうか。人間は愚かで疑《うたぐ》り深《ぶか》く、しかも夢見がちな生き物だ。悪魔はそれを利用する。その男も納得しているわけだろう?」

「納得なんて……納得するしかないからですよ。でも、そんなやり方は許せない」

「ほほう」

と、小埜はニヒルに笑った。

「許さないと言うのか、安田くん。たかが人間のきみが、悪魔を許さんと」

土門くんは面白い新人を拾ったなあ、と、小埜はモゴモゴ呟いた。

「扉が最強だと言うのなら、その奥に答えがあるかもしれないじゃないですか。たとえばですけど、最強と最悪を戦わせるとか」

「人間ごときに何ができると思っているのか知らないが、我らにできるのはせいぜい怪異を隠して、生きている者を恐怖や絶望から遠ざけておくくらいのものだ。少しばかり異能があるからといって勘違いをしてはいかん」

「じゃ、極意さんが悪魔に身体を乗っ取られるのを黙って見てろって言うんですか」

「興奮するな。黙っていろとは言っていないよ。悼んだり悲しんだり、絶望するのは人間の特権だからね」

そんなの……それじゃダメなんだ。怜は心で何度も言った。

極意さんを絶望の淵《ふち》に立たせたままで、『その日』が来るのをたった独りで待たせるなんて。悪魔に変じた極意さんを、広目さんと戦わせる日が来るかもしれないなんて。なにより彼を喪《うしな》いたくない。人はいつか死ぬものだとしても、忌《い》むべき悪魔に変化して、喰らうべき魂を求めて流離《さすら》わせたくない。極意さんは大切な仲間だ。

溢れんばかりに想《おも》いは巡り、けれども言葉は出てこない。ヒダルガミに襲われたときとは裏腹に、怜は燃え立つ怒りと絶望と、焦りと迷いに捕らわれて、いても立ってもいられ

なくなった。黄色い蝶が鼻先を飛び、対面の墓石が陽炎《かげろう》にかすむ。音もなく温度もない端境の世界で、やがて小埜は、

「ふっ」と笑った。

「きみの異能は『霊視能力』だと思っていたが、『優しさ』なのかもしれんなあ」

そして「よかろう」と、頷いた。

「どうしたら友人を救えるかという疑問の答えは安田くんが自分で見つけるしかないが、ヒントくらいは教えてやろう」

怜は「え?」と顔を上げ、隣にいたはずの小埜を見た。

蟬の声や夏草の匂いが戻り始めて、小埜の姿はベールが掛かったように薄れている。紺色の制服に県警のエンブレムがぼんやり浮かび、ニヒルな顔は警帽の陰になっていた。

「戦いに勝つ秘訣《ひけつ》は、準備を重んじ、無闇に剣を抜かないことだ。敵を知り、援軍を整え、逃げ道を確保して勝算を得る。そして初めて剣を抜く。これが兵法」

「はい」

と、怜は陽炎のようになった小埜に頷いた。警帽の下の口元が笑った気がした。

「このところ、長野、上田、松本、諏訪《すわ》、飯田《いいだ》の各市で真夜中の不審火が続いている。そして必ず死者を出す。以前きみにも言ったがね、地霊の仕業だ。ミカヅチ班の仕事は怪異を祓わず隠蔽すること、理を曲げるのは許されない。けれどもきみが理を曲げることなく

結果を変えてみせると言うのであれば、それが可能か見せてくれ」

「はい……え？　不審火ですか？　長野、上田、松本……それから、ええと……」

「くれぐれも気をつけたまえ。きみ自身が炎に焼かれて死なないようにな」

「あと、どこでしたっけ？……え、ぼくが……なんです？」

メモをとりながら呑気《のんき》に顔を上げると小埜の姿はもうなくて、怜は慌てて立ち上がる。最後の言葉は聞きあぐねてしまった。真夏の熱波に汗が噴《ふ》き出《だ》し、舞い遊んでいた蝶は消え、蝉の鳴き声がけたたましかった。歩道も墓石も玉砂利もオーブンのように熱されて、吹く風にすら暑さを感じた。気がつけば伽羅の線香は燃え尽きて、怜は小埜家の墓前にたった独りで立ち尽くしていた。

「それが可能か見せてくれって……」

具体的なことは何も言わずに、小埜はどこかへ消えてしまった。

長野市や上田市で真夜中の不審火が続いている？　そして必ず死者を出す？　え。その理由を探って答えてみせろと言ったんだろうか。

振り返っても、小埜家の墓石が立つばかり。怜は彼から宿題を出されたのだった。

其の二　怜のいないミカヅチ班

警視庁本部の地下三階。荷物用エレベーターしか通じていないフロアのどん詰まりにミカヅチ班のオフィスはある。頭上で何万人もが勤務していても、『異能処理班ミカヅチ』の存在を知る者はほぼいない。

怜が夏休みを取っているあいだ、ミカヅチ班では班長の土門と研究員の広目、警察庁職員の神鈴と総括責任者の折原警視正という、生きた人間三人と首なし幽霊一人がそれぞれの業務に勤《いそ》しんでいた。悪魔憑きの赤バッジは連絡係なので、正式なデスクは警視庁捜査一課にあり、ミカヅチ班には常駐しない。

ここでは正午に虫使いである神鈴の虫が鳴く。昆虫ではなく『三戸《さんし》の虫』や『疳《かん》の虫《むし》』などと呼ばれる類《たぐ》いの虫で、神鈴が猫型ポシェットの中で飼っている。松平神鈴は豊後杵《ぶんごき》築《つき》藩松平家の末裔《まつえい》で、様々な虫を人やモノに憑けて行動を制御する異能者だ。

正午に鳴くのは『腹の虫』で、ググウ……キュルルル……という鳴き方をする。この日も虫が鳴くのを聞くと、

「お昼ですねえ」

と土門が言った。

すでに神鈴が給湯室でお茶の準備を進めている。下っ端《したっぱ》である怜がいないとお茶を淹《い》れるのは神鈴の役目だ。広目はタイプライターを叩く作業をやめて、手を洗うために洗面所へ立って行った。ヤカンがピーピー鳴り出すと、土門が給湯室に顔を出し、

「千《せん》さんとリウさんの分もお願いします」

と、神鈴に言った。

「え、どうしてですか?」

土門はお地蔵さんのような顔で声を潜める。

「三婆《サンババー》ズがおそらくここへ、お昼を食べに来るからですよ」

「いつも休憩室で食べてるじゃないですか」

土門は給湯室に入ってくると、客用の湯飲み茶碗《ぢゃわん》二つをお盆に載せた。

「そうですが、小宮山《こみやま》さんが休んでいるので、ここでお昼を食べるはずです」

ドヤ顔で言う。

「小宮山さん、どうかしたんですか?」

腰痛かしらと思ったが、腰痛持ちは千さんだ。リウさん、千さん、小宮山さんの三人は『三婆ズ』と呼ばれる清掃業者で、日頃は警視庁本部ビルの清掃をしているが、ミカヅチ班の要請があれば特殊な現場の清掃も請け負う外注先だ。

茶葉を急須《きゅうす》に入れてから、神鈴は仲間の茶碗を用意した。

「入院中なのですよ——」

と、土門が答える。四角い身体で毒舌で、殺しても死ななそうな小宮山さんが入院中?

「——抗ガン剤の治療を受けに行ったのです」

「え」

ヤカンを回して適温にする手を止めて、神鈴は土門を振り向いた。

「小宮山さんが……ガンですか？」

「おや、知りませんでしたかねえ」

相変わらず土門はニコニコしている。

「ステージ4の子宮ガンだそうですよ。小宮山さんだけじゃなく、リウさんも胃ガンで手術をしていますしね。千さんは事故で大腿部《だいたい》を複雑骨折して……そもそもあの三人は、同じ病室で知り合った縁でお掃除を始めたのだと聞いていますが」

「全然まったく知りませんでした」

神鈴は「大丈夫なんですか？」と、眉《まゆ》をひそめた。

「大丈夫とは？」

「いえ、だって……小宮山さんも、リウさんも」

「どうでしょう？　まあ、あの人たちのことですからね。心配ならば本人たちに訊いてみたらいかがです」

茶碗を並べたお盆を持って、土門は給湯室を出ていった。同時にオフィスのドアが開く音と、ガラガラというお掃除カートの音が聞こえた。出ていった土門がヒョイと戻って、

「ほーらね。陰陽師《おんみょうじ》の勘を軽んじてはいけません」と言う。

神鈴は急須とヤカンを持って、給湯室を出ていった。

広いミカヅチ班のオフィスには、各自のデスクが勝手気ままな向きに置かれている。入口ドアからすぐの場所には行く手を塞《ふさ》ぐように会議用テーブルが鎮座して、椅子は片隅に積み上げてある。

そのテーブルにお掃除用カートを横付けして、痩せて白髪の婆さんと、クマのような体型でドレッドヘアの婆さんが、自分たちの椅子を移動してきたところであった。

「折原さん、お邪魔さま。しばらくこちらでお昼を食べさせていただくわ」

品のいい言葉遣いのリウさんは最年長で、三婆ズのまとめ役だ。

「かまわんよ。さすがのリウさんも小宮山さんがいないと寂《さび》しいのかな」

扉の前で威厳《いげん》を正してデスクに座り、折原警視正は苦笑した。この幽霊はいつもビシッと制服を着込み、丁寧に髪を整えて記章《バッジ》を光らせているが、死ぬとき身体から切り離されてしまった首は、未だにその箇所から血を滴らせている。

「そうなのよー。小宮山さんがいないとお漬物をいただけないし、悪態《あくたい》つく人がいないと調子が狂うの」

「こう見えてリウさんはMなんだよ、エム」

千さんは覚え立ての『M』を得々として使っている。マゾヒストを指すMである。

「やっぱ、ご飯に漬物がないとさ、なんか間が抜けた感じがしてねぇ」

入院中の小宮山さんが人生で一番大切にしているのが漬物だ。毎日自慢の品をタッパーに詰めてきて休憩室で振る舞うほか、好きな人には配ったりもする。丹精込めて作ったものを人に食べさせ、美味しいと褒めてもらうのが何より嬉《うれ》しい人なのだ。

「買った漬物はパンチがなくてさ……」

言いながら千さんはお掃除カートに頭を突っ込み、風呂敷《ふろしき》包みを引っ張り出した。それを会議用テーブルにドンと置き、風呂敷を開くと、重箱が入っていた。千さん一家は都内でそば屋を営んでいて、経営は孫の代になったようだが、店で出す天ぷらの野菜などは今も千さんが畑で作っている。三婆ズの弁当は、主食が千さん、漬物が小宮山さん、リウさんは食べるだけという役割分担だ。二人で食べるには大きすぎる二段重ねの重箱は、一段目にちらし寿司《ずし》、二段目には天ぷらや煮物などの惣菜《そうざい》類が詰められていた。

「うわあ……いつもながら美味しそうねえ」

首を伸ばして神鈴が言うと、

「神鈴ちゃんも食べるかい？」

と、千さんが訊く。

「うう……食べたいなあ。私のお弁当よりずっといいもの。でも、夏だからお弁当残すと傷んじゃうのよね……勿体《もったい》ないし」

「ならば俺が神鈴の弁当を引き受けようか」

隅《すみ》の暗がりから広目が言った。

「いいの？　だって、広目さんのお弁当は？」

「本日は菓子パンだから傷まない。しかも夜勤なので俺も助かる」

わあい、と神鈴は喜んで、お茶と一緒に自分の弁当を広目の席へ運んでいった。

「あらぁーっ、広目ちゃんはそこで食べるの？　寂しいわぁ。こっちで一緒に頂きましょうよ」

広目ファンのリウさんが椅子をもうひとつ引っ張ってきたが、広目は聞こえないふりをした。隣に座ればその間中、ベタベタと髪や身体を触られるからだ。

神鈴のランチボックスはポシェットとおそろいの猫型で、キャラクターの顔とかたちになっているが、広目は盲目なので外観には頓着《とんちゃく》しない。箱のかたちを手で確かめると、おもむろに蓋を開いて香りを嗅いだ。

「おかずはなんだ？」

「シシャモ」

と、神鈴は即答した。

「それだけか」

「失礼ね。ちゃんと白いごはんも入っているわよ」

しばし沈黙したあとで、広目は恭《うやうや》しく箸を取り、

「此《こ》の食《じき》は法喜禅悦《ほうきぜんえつ》の充足するところなり」

と、呟いて頭を下げた。

全員にお茶が行き渡ると、警視正は自分のデスクでお茶の香りを、土門も自分のデスクで愛妻弁当を、神鈴は会議用テーブルで千さんのお重をつつき始めた。

「うそ、ちらし寿司美味しい！　椎茸《しいたけ》がいい仕事してる。サヤエンドウと紅ショウガと錦《きん》糸《し》卵、あと、これはなに？」

「レンコンの甘酢漬け。小宮山さんからもらったやつに、ちょいと食紅で色を付けてね、見た目がキレイになるからさ。作り方教えてあげようか？」

「いい。千さんが作ったのを食べるから」

神鈴は言って、重箱の蓋に二杯目を盛った。

「こういうことなら毎日ここでお昼を食べてもらっていいわ」

「そうよねえ、お料理は大切なのよーっ、広目ちゃんだって、シシャモ一匹じゃ力が出ないわよ。こっちへいらっしゃいよ」

広目は知らん顔をしている。

「シシャモ一匹だって焼いたり詰めたり大変なのよ。千さんならともかく、お料理しないリウさんに言われたくない」

リウさんはピンクの口紅を塗った唇でニタリと笑った。

「神鈴ちゃん？　人にはそれぞれ役割があって、わたくしは食べ専なのよ。食べる人がいなかったら千さんだって作り甲斐《がい》がないでしょう？　これでもわたくしは、小宮山さんと千さんの人生に、とっても、とっても、役立っているわけなのよ」

「ものは言い様だよ、ねえ神鈴ちゃん」

　と、千さんは笑った。

「そうよね、だけどまあ、リウさんの言葉にも一理あるわ。苦手な人が作るより、得意な人が作ったほうがお料理は美味しいし、食べた人も幸せだもの」

「然《しか》り……不得手を食べさせられるのは修行のようだ」

　シシャモの頭をパリパリ言わせて広目は呟き、ついには弁当箱にお茶を注いでかき込み始めた。リウさんが立ち上がり、取り分けた天ぷらや煮物を広目のデスクへ運んでいく。

「はい、広目ちゃん。わたくしが言うのもなんだけど、千さんのお料理は美味しいわよう。今日は漬物がないけど勘弁してね」

　広目は首を傾けながら、

「ん……そういえば……」

　と、部屋を見回す仕草《しぐさ》をした。土門は愛妻弁当を味わっているし、警視正はお茶の香りに癒《い》やされている。会議用テーブルでは神鈴を含めた女三人が姦《かしま》しく食事中だ。

「小宮山さんがいないと言ったな？　法事かなにかで？」

今さらのように問う。彼女が入院中であることは、洗面所にいて聞いていなかったのだ。重箱から自分の分を取り分けて、リウさんは広目のデスクにまたやって来た。

「違うのよぅ。あの人は抗ガン剤治療で入院中。でも、すぐに帰ってくるわ。夏は漬物が忙しいから。瓜《うり》でしょ、唐辛子でしょ、キュウリやナスも旬《しゅん》だから。小宮山さんの辛子漬けは絶品よ？　辛子漬けだけじゃなくて、メロンの浅漬けも美味しいわよぅ。わたくしは毎夏楽しみにしているの。メロンの浅漬け」

「小宮山さんは病院にいても気が気じゃないと思うよ。夏野菜はどんどん採れるし、新鮮なうちに処理しないとダメだし……あの人は漬物が命だから、入院と言われて怒っていたよ。お医者さんも大変だ」

サヤインゲンの紫蘇《しそ》巻き天ぷらを食べながら千さんが言う。

「自分が入院中にやるつもりだったことは、メモにして冷蔵庫に貼って、旦那《だんな》さんに頼んだってさ。旦那さんも大変なんだよ」

「そうは言っても抗ガン剤治療は辛いと聞きます……やっぱり心配になりますよねえ」

卵焼きを食べながら土門が言うと、

「そこは小宮山さんですもの……ねえーっ」

と、リウさんが千さんを見た。ちゃっかり広目の隣に座って一緒にお昼を食べている。

「あのな、土門さん。あたしが事故で入院してたときにはさ、リウさんが向かいのベッドにいたんだよ」

「わたくしは胃ガンの手術をした後だったのよ」

広目はチラリとリウさんを見た。盲目ながらに視線を動かす。

「あたしは電動カートで田んぼに落ちて、下敷きになって大腿部を複雑骨折したんだよ。普通なら死んでたところを、田植えしたばかりで田んぼが軟らかかったから助かったって。そのときのことはまったく覚えていないんだけどね」

「救急車で運ばれてきたときは泥だらけのクマに見えたと、先生が仰《おっしゃ》っていたわよね？　骨が粉々だったからピンセットで拾ってつなげたって、ジグソーパズルなんて目じゃないよって……どんだけ？」

リウさんは笑っている。

「千さんが一番長く入院していたでしょ？　だから四人部屋の主みたいだったのよ。まったく動けないからベッドに棒を置いていて、それでなんでもやっちゃうの。先が鉤手《かぎて》になった棒で、『やたら棒』っていうのよね」

「息子に作ってもらったんだよ。いちいちナースコールじゃ申し訳ないからさ、カーテンの開け閉めも、空調の上げ下げも、棒一本でやってたんだよ」

さすがねえ。と、神鈴は笑った。

「わたくしが見たときは、髪の毛が人の三倍くらいあったんですもの、この人ホントに人間かしらと思ったものよ」

「寝たきりで床屋に行けなかったからね。でも」

千さんは身を乗り出してリウさんを指した。

「リウさんこそ、手術なんか必要ないのに切ったんだよ」

「え？　どういうこと？」

二杯目のお茶を淹れるために立ち上がっていた神鈴は、目を丸くして動きを止めた。

「駆け込み治療とか言ったっけねえ。若い人のガンは進行が早いけど、年寄りのガンは進行が遅いから、ガンで死ぬか寿命で死ぬか、どっちが早いかって話になってさ。リウさんの場合は手術せずに様子を見ましょうってことだったのに、ぜひとも手術をしたいって」

「それはほら……先生が……好みのタイプだったのよう」

リウさんは頬を赤らめた。

「わたくしは丈夫な質《たち》で、病気で寝込んだことなんて一度もないから、薄幸の美少女に憧《あこが》れがあったのよ。長い髪をお下げに結って白い病院のベッドに横たわる少女……子供のころは枕にお下げを縫い付けて『薄幸の美少女枕』ごっこをしていたくらい……」

「ぷ」と警視正が噴き出した。

「極めつけは、あれなのよう、泉《いずみ》鏡《きょう》花《か》の『外科室』よ。映画も見たわ。伯爵夫人が吉永《よしなが》小百合《さゆり》、執刀医の高峰《たかみね》が加藤《かとう》雅也《まさや》。高峰への秘めた想いをうっかり口に出すのを恐れ、伯爵夫人は麻酔を拒んで手術を受けるの」

そして「ほぅ……」と溜息を吐いた。

「実際の手術はさ、執刀医の先生は、患者の顔なんか見てないんだよ。見てるのは傷口だけ。リウさんはスイスイ売店へ買い物に行けるほど回復してたのに、回診と聞けば花柄《はながら》パジャマに着替えてさ、難儀なふりして頭も上げずに、『はあ……はあ……』って、先生に抱いて起こしてもらって、回診が終われば しれっと起きて、『ああ、今日もよかったわーっ』なんて……病気で幸せそうな人を見たのは初めてで、すぐに興味を持ったのよ」

神鈴は尊敬の眼差《まなざ》しでリウさんを見た。

「リウさんはご主人も存命ではなかったかな」

と、警視正が訊く。

「元気よ？　でも、それとこれとは別ものよ。亭主は日常、イケメンはロマンス。それが寿命を延ばす秘訣よぅ」

「小宮山さんが来たのはリウさんが退院する少し前だったよね。あたしの隣のベッドでね、来るなり看護師さんがカーテンを閉めたから、大分悪いのかと心配になってさ。『お夕食はどうされますか？』『いらねえよ。どうせ食えねえからレタス持ってきてる』って」

千さんの言葉にリウさんが頷く。

「そうなのよ。大変な病気と思って心配してたら案の定、一晩中ずっとカーテンの中で、唸ったり吐いたりしてるでしょ？　もうねえ……わたくしたちのほうが心配になっちゃって……代わりにナースコールを押してあげようか……声を掛けていいものか、お返事するのも辛そうだしと……」

「そうそう。眠れなかったよね」

「ねー」

と、二人は頷き合った。

「それがさ、夜が明けたら、シャーってカーテンが開いてさ」

「うあーっ、昨日は楽だったーっ、はい、おはようさん。って」

リウさんが小宮山さんを真似《まね》て言う。神鈴は緊迫して止めていた呼吸を始めた。

「スゴいわね、小宮山さん」

そしてこう言い足した。

「それでわかったわ。三婆ズが『見える人』になったのは、揃《そろ》って三途《さんず》の川《かわ》を渡り損《そこ》ねたからなのね」

「くれぐれも長生きしてくださいよ」

と、懇願《こんがん》するように土門が言った。

「小宮山さんは大丈夫だよ。『先にあの世へ行くのも癪《しゃく》だからな、友だちの二、三人は送ってからでねきゃ』って言ってるからね」

「でも、わたくしだって小宮山さんより先には逝かないわよぅ。癪だもの」

胸を張ってからリウさんは、今さらのようにミカヅチ班の部屋を見回した。

「あら？　そういえば、ドラヤキ坊ちゃんもいないじゃないの。どうしたの？」

「あれまあ、ほんとだ」

お昼を食べ終えて片付けを始めた千さんも言う。

「安田くんは夏休みです」

空になった弁当箱を片付けながら土門が答える。土門はいつも弁当箱を給湯室できれいに洗って持ち帰るので、そのまま部屋を出ていった。

「あらぁ、いいわねえ。坊ちゃんは何をしてるのかしら」

リウさんは瞳《ひとみ》を輝かせてミカヅチ班のメンバーを見た。

「どうだろうかな？　コソコソしているのではないかと思うが」

三婆ズの二人は顔を見合わせた。

「いやだわ、折原さん。それってどういう意味？」

「どうもこうもない」

と、警視正は横を向き、代わりに答えたのは給湯室の土門であった。

「安田くんは……なんと言いますか、迷走している最中なのです。ようやくミカヅチになじんできたと思ったら、いま顔を覗かせているのは『自我』でしょうかね……優しすぎるゆえつい他者に関わりすぎる。それはある意味危険で傲慢《ごうまん》な行為です。理を曲げるのは禁忌ですしね。折原警視正も私も、そのあたりはよくよく言って訊かせたのですが」

「バカだから言っても聞かんのだ」

広目が呟く。

「なんだかよくわかんないけども、じゃあ怜くんは、どこで夏休みをしてるんだろうね。あの子は家族もいないんだろ？　実家に帰るとかじゃないんだもんね」

「安田くんはこのところ、ずっと悪魔について調べているの。だからソレ系の場所へ行ったと思うわ」

と、神鈴が言った。

「でも神鈴ちゃん、ここは日本よ、ソレ系の場所なんてあるかしら」

リウさんが頬に手を置いて宙を睨むと、戻った土門が得意げに、

「まあ、あれです。陰陽道《おんみょうどう》にも悪魔という概念はありますが、西洋のそれとは違ってね、日本流に言うなら……そうですね……禍津日神《まがつひのかみ》が近いでしょうか。不正や災厄を司《つかさど》る二柱の神で、この神を祀る神社は、多くはないが、ないこともない。秩父《ちちぶ》、山梨《やまなし》、金沢、あと京都……福岡《ふくおか》や大分にもありますか。悪魔でも怨霊《おんりょう》でも祟《たた》り神でも、祀れば御利益《ごりやく》を賜れるというのが日本人のたくましさですからね」

「ストレートにそこへ向かったとも限らんよ」

と、警視正が土門を見つめた。

「安田くんは面白い男だからね」

「それは否定しませんが……ミカヅチが怪異を調伏しないのには、きちんとした理由があります。安田くんは他者に感情移入しすぎるあまり、そこを理解しきれていない。彼の若さと青さについては、大いに気になるところではありますねぇ」

みんなのカップにお茶を注ぎながら神鈴も言った。

「人の力には限界があるのに、安田くんは真っ直ぐすぎるのよ」

「だからバカだと言っている」

「ま、公序良俗に反しない限りは、休暇をどう使おうと安田くんの自由だ」

警視正は強引に話題を打ち切った。

千さんはお掃除カートに重箱の包みを押し込むと、頭に三角巾《さんかくきん》を結び直した。ゴワゴワのドレッドヘアなので三角巾が立ち上がり、大きすぎた天冠《てんかん》のようである。

「怜くんはさ、最初から……なんて言うのか、捨てられた子犬みたいなところがあるからさ、独りでどこをウロウロしているんだろって、つい心配になっちゃうんだよね」

「くせっ毛同士の絆《きずな》なの？」と、リウさんは笑い、

「そろそろお仕事に戻らないと……小宮山さんの抜けた穴は大きいわ」

名残惜《なごりお》しそうに広目から離れ、椅子を戻してお掃除カートに取り付いた。

そのとき班の電話がジリリと鳴って、

「はい。ミカヅチ班……」

素早く受話器を取った神鈴が、みんなを見ながら大声で言った。

「噂《うわさ》をすれば、安田くんよ」

そしてスピーカーフォンにセットした。

「忙しいところをすみません。安田ですけど」

怜の声が部屋に響いて、全員が耳をそばだてた。

「ちょうどいま安田くんの噂をしていたところよ。今頃どこにいるのかしらって」

「長野です。暑いけど湿気がないので過ごしやすいです」

「あらあら、なんなの……普通に避暑地でバカンスしてるの」

と、リウさんが呟いた。その声が聞こえたらしく、

「あれ？　近くにリウさんがいるんですか？」

と、怜は訊いた。そして、

「事件ですか？」

と、深刻そうに声を潜めた。

「全然違うから安心して。ここでお昼を食べただけ。それよりも、どうしたの？」

「すでに職場が恋しいのだな」

電話口までできて警視正が言う。

「そうじゃなく……神鈴さんに教えてほしいことがあって」

「いいけど、なあに？」

仕事に戻ると言いながら、二婆《ツーババ》も会話を聞いている。

「長野市、上田市、松本市……あと、ほかにも二つくらい場所を聞いたのに忘れちゃって……あ、諏訪市だったかな。これらの場所って忌み地ファイルにありましたっけ？　共通する禍事《まがごと》はなんですか？」

「共通するのは城じゃないかね」

警視正が呟くと、

「いやいや、折原さん。城なんて日本中にあるからね」

千さんが笑った。

「それらの場所で共通の怪異が起きているのか。どんな怪異だ」

広目が訊ね、

「こっちに情報は来ていないわよ」

と、神鈴が答えた。

「確かに、そこいらへんの事情を教えていただかないと、回答の判断に困りますね」

「深夜の不審火です――」

と、怜は行った。

「――そして必ず死者が出る。ただ、普通の焼死なので、ミカヅチに連絡が行ってないんだと思います」

「安田くんは極意さんの呪《のろ》いを解く方法を探しているんじゃなかったの？　なんで他県の怪異なんか……」

文句を言いながらもパソコンを立ち上げて、神鈴は忌み地ファイルの検索を始めた。

忌み地とはミカヅチ班が監視を続けている場所で全国各地に点在している。多くは過去に死体捨て場や処刑場だったところで、理不尽に殺害された者の怨念《おんねん》が不浄と瘴気を吐き出して近寄る者に害を為すのだ。そうした場所には監視カメラが設置してあるが、地権や立地でそれができない忌み地については、定期的に連絡係が見回る仕組みになっている。

「安田くん？　確認してるけど、ひと口に不審火と言われても、人魂《ひとだま》、狐火《きつねび》、ふらり火……あとはつるべ火とか、怪火とか、火を出す怪異はすごく多いわ。長野、上田、松本、諏訪……この条件ではしぼりきれない」

するとリウさんがぽつりと言った。

「共通するのは温泉じゃなぁい？　上田には別所温泉、松本には浅間温泉、諏訪は諏訪温泉があるもの」

「温泉は怪異じゃないよ」

と、千さんが言う。

「そんなことないわよぅ。長野と言えば善光寺。善光寺参りでお参りしたら、温泉へいくものよ。戸倉上山田温泉なんてかつての色街よ。浅間温泉もそうだと思うわ」

「ああ、なるほど。ならば共通するのは遊郭でしょうか」

脇で土門が腕組みをする。

「遊郭に火災はつきものです。遊女は年季明けを心の支えに売られてきますが、蓋を開ければ白粉《おしろい》や着物や布団や簪《かんざし》、次々に借金を背負わされて飼い殺しになるわけで、働いても働いても境遇は変わらず、絶望だけが募《つの》っていく。放火してどさくさ紛《まぎ》れに逃げようと、付け火による火災が多かったのです」

「遊郭ですか？」

と、怜は頓珍漢《とんちんかん》な声で言う。

「遊郭といえば吉原《よしわら》ですよね？　長野や上田にも遊郭なんてあったんですか？」

「たぶんあったと思うわよぅ。参拝と精進落《しょうじんお》としはセットですもの。イマドキの若い人たちは知らないのね。神社仏閣参拝行脚なんて一見殊勝《しゅしょう》に聞こえるけれど、あれは娯楽よ？　さっさと済ませて色街でお酒を飲んだり女を買ったりするのが本当の目的なんだから、善光寺にもあったはずだわよ」

「怜くん、あのさ、相撲《すもう》と歌舞伎《かぶき》と遊郭は江戸の三大娯楽ってね。それを参拝とくっつけたのは、女房の手前、行きやすいようにって工夫なんだよ。いじましいじゃないか」

千さんは笑っている。

「そうか……遊郭か……」

怜の脳裏には、映画などで観《み》る吉原のほか、なぜか大奥のイメージが浮かんだ。借金の形《かた》に売られた女児が遊女として育てられ、操と命を搾取されていく。そういう背景が生んだ怨《うら》みが火を吹くというのはありそうだ。

「詳しいことを知りたい場合は地元の資料館や博物館を当たってみるといいでしょう。土地には土地の歴史を展示紹介する施設がありますからね。学芸員に質問すれば、喜んで教えてくれますよ」

「安田くん、そっちで何を調べているの？」

神鈴は訊いたが、

「ありがとうございます」

言うが早いか怜は電話を切ってしまった。

「やれやれ」

と、土門が首をすくめる。

「怪異の不審火って、なんなのよ……安田くんったら、極意さんの救出方法を調べているとばかり思っていたのに」

神鈴は文句を言いながら、ポシェットの蓋をパチンと鳴らした。自分から出たモヤモヤの虫を採取したのだ。広目も土門もそれには応《こた》えず、警視正はデスクに戻って、リウさんと千さんもカートを押して行ってしまった。神鈴はひとつ溜息を吐くと、検索ソフトに打ち込んだ四つの地名を保存してから、茶碗を洗うために立ち上がった。

昼休みが終わったミカヅチ班で午後の仕事が始まって、そのときまたも電話が鳴った。

「ミカヅチ班です……まだなにか？」

神鈴の代わりに受話器を取った土門は怜と思い込んでそう訊ねたが、固く受話器を握ったままで、警視正を振り向いた。

其の三　信濃歴史民俗資料館

――地元の資料館や博物館を当たってみるといいでしょう――

土門に言われてすぐさま怜は検索し、それらしき施設を探し当てた。

展示内容の案内文には、『長野県の歴史に関する調査研究に基礎をおき、考古資料や歴史的価値のある文書など歴史資料の収集、整理、保存を通じて県民の歴史遺産を子孫に引き継ぐ活動をしている』とある。当該施設へ行き着くためには長野駅から電車に乗って最寄り駅で降り、さらに徒歩で二十分ほどかかるらしい。

真夏の正午過ぎ。怜は小埜の墓地からバスで長野駅まで戻ると、在来線に乗り込んだ。午前中は爽やかで涼しいと思った風も、照り返しが肌を焼くほどになった午後は熱風に変わり、盆地気候の厳しさを知る。

自販機で買った麦茶を飲みながら各駅停車の景色を眺め、果樹園や畑が随分増えてきたなと思っていたら、そこが目的の駅だった。地図アプリに誘導されて歩くことしばし、やがて怜は水田や畑の中に建つ立派な施設にたどり着いた。

ふさふさと木々を蓄《たくわ》えた山を背景に広大な敷地を有する信濃《しなの》歴史民俗資料館は、建物の地下に古墳時代のムラを抱《かか》えているといい、文書館のほかに考古館を併設して発掘古墳のレプリカを展示しているという。広い駐車場は空き空きとしていたが、どこからか夏休みの子供たちの歓声が聞こえた。屋外に掲示されている案内板で、調べたいものは文書館にあるらしいと当たりをつけると、怜は真っ直ぐ施設へ向かった。

建物前の広場には人工の水場が設《しつら》えられて、タイル張りの浅い池に清らかな水が流されている。ガラス張りのエントランスロビーへ入っていくと、入館料を払ってパンフレットをもらう。こちらの施設は科野《しなの》の歴史を展示した常設展のほかに、夏休みに合わせた企画展を開催中で、子供たちの歓声はロビーと接した中庭から聞こえてくるのだった。

企画展のテーマはオバケと妖怪《ようかい》で、中庭で『オバケ祭り』が開催されているからだ。水を張ったビニールプールに目玉風船が浮かべられ、唐傘オバケに扮《ふん》したスタッフが子供たちに風船釣りをさせている。妖怪に名産品の花豆を投げる的当てゲームは、脇に景品の風車《かざぐるま》が並んで、長閑で楽しげな夏休みの風景に自分が背負った役割を一瞬忘れそうになりながら、怜は受付の女性職員に訊いてみた。

「あの、すみません。長野県内にあった遊郭のことを調べたいのですが、どこへ行ったらいいですか？」

若い女性職員は考えてから、「ちょっとお待ちください」と立ち上がり、

「当館には現在、遊郭についてのダイレクトな展示はございません。でも、詳しい者がおりますから」

と、受付ブースを出てきてくれた。怜にはその場で待つよう目配せをして、中庭に通じる扉を開けると、オバケ祭りの会場へ走っていく。

待つことしばし、灰色の作業着を着た爺《じい》さんを連れて戻ると、怜を彼に紹介してから受付ブースへ戻っていった。爺さんは小柄で痩せていて、黒縁メガネを掛けていた。ズボンの尻《しり》にぶら下げた手ぬぐいで汗を拭き、ニコニコしながら怜に訊いた。

「遊郭のことを調べているそうですねえ」

広いロビーには休憩用のスペースがあって、彼はそちらへ怜を誘い、ベンチに掛けるよう促した。半人分の間を空けて隣に座ると、メガネを外して拭きながら、

「どちらの遊郭のことでしょうかねえ……鶴賀《つるが》新地？　常磐城《ときわぎ》？　それとも横田《よこた》遊郭か、

衣之渡《えのど》遊郭でしょうか」

「そんなにたくさんあるんですか？」

ビックリして訊ねると、意外にもニッコリ微笑んだ。

「若い方はご存じかどうか……南信に行きますと、あの阿部定《あべさだ》が遊女をしていた二本松遊郭というのもありますよ？　阿部定はご存じで？」

「ええ……と、おそらく……恋人の逸物《いちもつ》を抱いて逃げた女性のことですよね」

「情事の陶酔を求めるあまり首を絞めすぎて男を死なせ、離れがたくてソレだけ切って逃げたのですねえ。息を吹き返すときが辛すぎるから、いっそこのまま殺してくれと男が頼んだという話もあります。とかく猟奇的な面ばかりが取り沙汰《とざた》される事件ですけど、阿部定は愛に一途《いちず》な女性だったとも言えましょう。刑期を終えた晩年は小料理屋を営んでおりまして、客から『定さん』と慕《した》われていたということですからして」

怜はコクンと頷いた。報道の多くは、嘘を書いていないにしても、最もセンセーショナルな部分を一方向から切り取って開示しがちだとは思う。

「長野県は南北に長い土地でして、遊郭は、長野市、上田市、松本市、諏訪市にも飯田市にもありました」

「あ、それです！」

と、思わず叫んだ。そして怜は、思わず出した大声を恥じて頭を下げた。

「……すみません。興奮しちゃって……あの……自分は安田怜といいます。長野に来たのは初めてで、地元の事情に詳しくなくて」

「おやおや、それはそれは」

爺さんはピッタリ合わせた膝頭《ひざがしら》に手を重ね、怜のほうへ身体を向けた。

「私は学芸員の小林《こばやし》です。民俗学が専門ですが、あらゆることに興味があって調べています。で、遊郭の何を知りたいのでしょうかねえ。図書室に行けば古文書をまとめた資料などがありますが、地元の人でないのなら、調べるだけでも、けっこう時間がかかってしまうと思いますがねえ。学生さんですか？　こちらへはご旅行で？」

「はい、そうです。あ、でも、学生ではありません。だから、たしかにあまり時間もないです。実際に現地へ行ってみたいこともあり」

「そうですか……そうですねえ……お車ですか？」

「いえ。長野駅から電車と徒歩で来たんですけど」

「それはそれは、そうですか……そうですねえ……公共交通機関のみで各地を回るとするならば、まあ、長野、上田くらいは一日で回れるとしても、松本から諏訪、飯田まで移動して……三日程度はかかるでしょうか。跡地を探すのも困難でしょうし、けっこう歩くと思いますしね……失礼ながら遊郭マニアの方でしょうかねえ」

小林という学芸員は怜に訊ねた。

「まったくの門外漢です。謎かけのような話ですみませんけど、長野市、上田市、松本市、諏訪市、飯田市で起きている最近の不審火について調べています。これらの土地に共通するのはなにかと考えて、遊郭じゃないかと思ったんですが、確証がなくてこちらにお邪魔したというわけでした。やっぱり遊郭があったんですね？　あ、でも、ほかにも共通点があるのかな」

「不審火……火事ですか？」

「はい」

小林は宙を睨んで鼻先をこすった。

「たしかにこのところ火事が続いているのですねえ。つい最近も、長野市街地でマンション火災がありまして、男性が死亡しています……おやおや？　そう言われてみれば変ですねえ。松本の火災でも男性が、上田の火事でも……」

亡くなったのは男性でしたねえ。と、二度頷いた。そして、

「火事と遊郭の関係ですか……それは興味深いですね」

立っていくと、ロビーに置かれた新聞ホルダーから一束《たば》外して持ってきた。新聞は一片を長いクリップで固定してあり、小林がそれをベンチに載せたので、怜も立ち上がってスペースを空けた。小林は素早くページをめくって火災の記事を探した。

【長野市柳町　新築マンションで深夜の火災　住人の男性が死亡】

「これが数日前ですねえ」

それから新聞を遡《さかのぼ》り、また三面記事を見つけて開いた。

【松本市深志で住宅火災　焼け跡から一人の遺体　住人の男性か】

【長野県内で住宅火災相次ぐ　諏訪市では男性が二人死亡　不審火の疑いも】

【飯田市の市営住宅で火災　五十代男性　搬出されるも病院で死亡】

そこには続々と火災の記事が載せられていた。

「柳町とか深志というのが遊郭のあった場所ですか？」

「いえいえ、そうではありません。長野市の遊郭は昭和の初期まで鶴賀新地というところにあったのですが、まあ、場所的には柳町と近いです。当時の見番所だった建物に手を入れて、今も公民館として残されていまして、敷地内に神社と、片隅に遊郭跡を示す石碑があります。ご存じかどうか、赤線の近くにあるものは、青線と飲み屋街と銭湯と稲荷《いなり》社ですので、それらを探してみるというのも散策の糧《かて》になることでしょう」

「あの、すみません……ぼくはホントに、よくわかっていないんですけど。赤線というのは公に売春行為が……というか、なかば黙認されていた場所ですよね。でも、青線は？」

訊ねると、小林は嬉しそうな顔で教えてくれた。

「仰るとおり赤線地帯は、江戸時代でいえば吉原などと同様に幕府公認の遊郭、もしくは行政公認の歓楽街ですね。そちらでの行為を黙認するために、警察が地図を赤い線で囲ったことから『赤線地帯』の呼び名があると言われます。『青線地帯』は、GHQが公娼《こうしょう》廃止指令を出してから昭和三十一年の売春防止法制定まで、密《ひそ》かに売春行為が行われていた地域のことで、その多くは赤線の近くにありました。時代が変わって建物などは失われても、青線の水路……現在は暗渠《あんきょ》になった場所も多いですけど、あと、飲み屋街などを含む歓楽街、神社と、遊女にとって大切だった湯屋がセットでありますので、それを知っていれば『このあたりか』と目星がつくものなのですねえ。鶴賀新地などは少し前まで娼楼《しょうろう》の建物が残っていたのですけども、残念ながら数年前に取り壊されてしまいました。善光寺参りの精進落としで発展し、敷地は一万坪、遊郭は四十軒以上、娼妓《しょうぎ》は数百名もいたといいますから、かなりの規模です。遊女の多くが新潟などの貧しい農村出身者で、現地へ行けば今もわずかながら当時を知る人たちがいるのではないかと思いますよ。長野駅から徒歩でもバスでも電車でも行けますが、長野駅と善光寺の真ん中あたりにある繁華街、権堂町を目指して行くのがわかりやすいと思います」

なんとなれば、と、彼は瞳を輝かせてメガネの蔓を押し上げた。

「鶴賀新地に遊郭が移される前、元禄《げんろく》から明治の初期までは、善光寺精進落としの花街は寺周辺と権堂町界隈にありました。なかでも権堂町は、水茶屋や揚茶屋《あげぢゃや》など合わせて七十軒近くの店が軒を連ねて大繁盛していたわけですねえ。ところが明治五年になりますと、政府は先進的国家をアピールするために芸娼妓解放令を発令します。これは精進落としの花街に生活を支えられていた人にとっては死活問題で、県をあげての大問題となりました。そこで明治十年、長野県は、長野、松本、上田の各市に『新地』、つまり公許の遊郭を認めたわけです。ただし、元の花街で商売させるわけにはいきませんでした。というのもその当時、天皇陛下が信濃を御巡幸になることが決まっていまして、花街などは善光寺から遠ざけたかったわけですね。そのころの鶴賀新地は鶴賀田圃《たんぼ》と呼ばれるへんぴな場所で、往事の地図を見ますとね、賑《にぎ》やかな町並みから飛び出した、まさに新地だったとわかります」

「そうなんだ……すごい……ありがとうございます」

立ったまま、怜は素早くメモをした。

「松本から善光寺、そして上田へ至る旧道は北国街道《ほっこくかいどう》、別名善光寺街道と呼ばれていまして、松本には横田遊郭、善光寺には鶴賀新地、上田は常盤城という遊郭がありました。横田遊郭は現在では浅間温泉と呼ばれていますし、常盤城では上田城の櫓《やぐら》を払い下げてもらって使っていました。その櫓は地元の有志が買い戻し、今では上田城跡公園に戻されています」

「詳しいんですね」

「それはもう、学芸員ですから」

小林はニコニコしている。

「ちなみに、ですが、飯田や諏訪には三州街道、別名飯田街道が通っていました。三河と信州を結ぶ『塩の道』ですね。諏訪町の衣之渡遊郭や飯田の二本松遊郭などはこの街道で栄えたものです。衣之渡遊郭は明治期に娼楼八軒から始まって、娼妓三十名ほどが働いていたそうですよ。土地の形状など、行けば今でも当時の面影《おもかげ》を残しております。しっとりとした風情があって、心に響くよいところですがねえ」

熱心にメモを取る怜を見守りながら、小林は唐突に訊いてきた。

「ところで安田さんは、火災とかつての遊郭にどんな因果関係があると思っているのでしょうか。遊郭など今では知る人ぞ知るだけの存在ですし、歓楽街と遊郭の関係を気にする若い人も少ないでしょうしねえ」

怜は答えに窮してしまった。学問を重んじる老齢で常識の塊《かたまり》のような相手にまさか、怪異の話をするわけにはいかない。素早く考えて、

「いやあ……」

と、怜は頭を掻いた。こういう場合に使える手は、一つしか思いつけない。

「ぼく、オカルトが趣味なんです」

屈託のない顔で笑ってみせた。

「信州は月遅れ盆ですよね？　そんなときに続いて火事が起きていると聞いたので、もしかしたら土地に因縁《いんねん》があるんじゃないかと勘ぐってみたというわけです。先生からお話を

聞いて、遊郭があったとわかって、今、とても興奮しています。実を言うと、この時期は怪談関連のSNSが熱いので、コアな情報を発信すれば小遣い稼ぎができるんですよ……すみません……こんな不純な動機しかなくて」

呆《あき》れそうなことを探して熱心に話すと、相手はむしろ身を乗り出して、

「お盆と火事と遊郭の関係ですか……それはいいところに目を付けました」

などと言う。

「いえ、こう見えて私は大の怪談好きで、『怖い話』をライフワークにしておりましてね。多くの人は怪談や妖怪話を、ロウソクや油しか明かりがなかったころの娯楽や錯覚と思っているようですが、この現代におきましても、ですよ？　説明のつかないことは実際に起きていたりするわけですよ。たとえば、ですねえ、少し前になりますが、川中島合戦場跡地で人が斬《き》り殺《ころ》されるなんて事件が起きました。同じころに一人の女性が自死されたのですが、これがやはり同じ場所で……」

それから声を潜めて言った。

「その方法が……なんと、無念腹だったのですよ。コホン……いえ……これはその筋から聞いた情報で……公にはなっていないのですが」

前置きをして、ますます顔を近づけてきた。黒縁メガネの奥の瞳がキラキラしている。

「安田さんはご存じかどうか、切腹には作法がありまして、でも、当然ながら普通の現代

人は知りません。ましてや自死した主婦が知っていたとも思えません。たとえば刃物の持ち方ですがね？」

「はあ」

と、怜は身を引いた。その事件のことなら小埜から聞いて知っているが、刃物の持ち方まで言及してはいなかった。なにかのスイッチが入ったように、小林学芸員の知識の吐露が止まらない。手に短刀を握るふりをして、それを自分の左脇腹《わきばら》に突き立てた。

「わかりますか？」

と、嬉しそうに訊く。

「ほら。見てください。親指が腹に当たっていますね？　普通は、こうではなく、こう」

と、小指側を腹に当て直し、

「普通はこう握って刺すと思うでしょ？　でも違うんです。それでは力が入らないので、切腹の場合はこう握り、左手で柄《つか》の頭を押さえて押し込むわけです。ハラキリは介錯《かいしゃく》人がいないと死ねませんので、腹筋を断ち切って内臓が溢《あふ》れ出《だ》すような無念腹は相当に苦しい。痛みも酷いですし、介錯されなければ何十分、下手すれば一時間以上も、もだえ苦しむことになります。セレモニーとしての切腹はこれとは違い、浅く持って皮膚だけ切るのでさほど痛みはありません。介錯されるまで意識もしっかりしていますしね、介錯なしには死ねません……私はねえ、事件を知って、とても不思議に思いましたよ。切腹の作法を知りもしない一介の主婦が、なぜ無念腹を召せたのかとね」

「あの、小林先生、すみません」

絶好調な感じで喋《しゃべ》っているとき、さっきの受付職員が小林を呼びに来た。どうやら『オバケ祭り』の会場で、彼の出番が来たようだった。

「ああこれは、ついつい調子に乗って喋りすぎましたねえ」

彼は恐縮し、

「それではどうぞ、よいお盆休みを」

そう言って頭を下げると、ニコニコしたまま小走りで、中庭のほうへと出ていった。持てる知識を開示して、スッキリしたという顔だ。

用務員さんのような後ろ姿に、怜も深くお辞儀する。心の中では、すぐに長野駅まで戻れば鶴賀新地があった場所を見られるだろうと考えていた。

其の四　怨みの祠

鶴賀新地への目印にすればいいと小林学芸員が教えてくれた権堂町は、検索すると小埜の墓とも善光寺とも近い場所にあるとわかった。結果として非効率な動線になったが、情報を得られたのでよしとする。長野駅に戻るとすでに夕方になっていて、怜は自分が空腹だったと気がついた。暑さで水分ばかり取っていたのと、情報集めに頭が一杯で空腹を気にする余裕もなかったからだ。

日差しが和《やわ》らぐとたちまち風は涼を増し、過ごしやすい陽気になった。このあたりが東京とはまったく違う。長野駅周辺には盆花を売る市が立ち、カラコロと下駄《げた》の音を響かせながら浴衣《ゆかた》姿の人たちが団扇《うちわ》片手に散策していた。夏の終わりを惜しみつつ、どの人も穏《おだ》やかで満ち足りた表情をしている。ぐぐう……きゅるる……と、腹の虫が鳴く。採取する神鈴がいないので、お腹《なか》の鳴る音を久しぶりに聞いた。駅周辺には飲食店がいくつもあるが、何を食べようかと見回したとき、やはり長野はこれだろうと、古い門構えの蕎麦《そば》屋を選んだ。鰹出汁《かつおだし》と醤油《しょうゆ》の得も言われぬ香りを嗅いだせいもある。立ち並ぶ『信州蕎麦』の幟《のぼり》や看板が、ぜひ喰ってゆけと怜を呼んだのだ。

暖簾《のれん》をくぐって薄暗い店内に入れば、素朴な木の椅子とテーブルがあって、手ぬぐいを被った作務衣《さむえ》姿の職人が厨房《ちゅうぼう》の大鍋《おおなべ》で蕎麦を茹《ゆ》でていた。お冷や代わりに供されたのは冷たい蕎麦茶で、暑さに干からびた五臓六腑《ごぞうろっぷ》に染《し》み渡《わた》る旨《うま》さだった。ざるそばと天ぷらのセットを注文してから鶴賀新地への行き方を検索してみると、権堂町の外れから遊郭跡の石碑があるあたりまで、けっこうな範囲に広がっているとわかった。それゆえに小林学芸員は権堂町を目指すのがいいと教えてくれたのだ。その場所までは徒歩で数分。食事を終えたら夕風に吹かれながら歩いてみようと怜は思った。

ところで宿を決めていない。ミカヅチ班に拾われるまでは野宿も辞さない境遇だったから、ここへも出たとこ勝負で来てしまったが、鶴賀新地を見て回ったら、おそらく今日が終わるだろう。漫画喫茶か二十四時間営業の風呂屋《ふろや》、もしくは安いホテルを探してみようかと考えているうち蕎麦がきた。都内ではちょっと見たことがない、艶々として緑がかった蕎麦だった。麺《めん》と麺とがしとやかに寄り添って、清流の流れのように盛られている。

盛り付けの妙に目を丸くしていると、店の年配スタッフが、

「うちは戸隠《とがくし》蕎麦なので、法師《ぼっち》盛りという独特の盛り方をするんです」

と、教えてくれた。

「一人前が五法師なのは、戸隠に五つの神社があって、蕎麦は神様への奉納《ほうのう》品だからです。大盛りが七法師なのも、戸隠五社に五斎《いつき》神社と宣澄社《せんちょうしゃ》を含めた数なんですよ」

「信州蕎麦と戸隠蕎麦は違うんですか?」

訊くとスタッフは破顔した。

「戸隠蕎麦、更科蕎麦、霧下蕎麦など、信州には蕎麦の産地がたくさんあって、それらをまとめて信州蕎麦と呼んでいます。南北に長い信州は気候も様々なので蕎麦の味にも違いがあって、食べ歩きされる方も多いです。そもそも地場産の蕎麦は産出量が少ないこともあり、お店によってつなぎや配合が様々ですし」

「そうなんですね」

「ゆっくり召し上がってくださいね。あとで蕎麦湯《そばゆ》をお出ししますから」

スタッフが去ったあと、『蕎麦湯』ってなんだろうと怜は思った。

ほかの客のテーブルを見ると、赤い湯桶《ゆとう》に入った白っぽい湯を蕎麦猪口《ちょこ》に注いで飲んでいる。あれだろうかと思いながら蕎麦を頂くことにした。

あまりにも艶がいいので蕎麦だけを数本つまんで口に入れると、シュルッとした弾力と、奥行きがあってふくよかな香り、さらには水の清らかさを感じた。え、蕎麦ってこんなに美味しかったっけ？　鰹と昆布で出汁をとったつゆに蕎麦をくぐらせ一気にすると、冷たさと風味が喉の奥へと落ちて、胃の腑《い　ふ》が香った。粉っぽさなど微塵《みじん》もなくて、清冽《せいれつ》な大地を食するようだ。もっともっとと胃袋が鳴く。怜は夢中で蕎麦をたぐって夏野菜の天ぷらを平らげた。初めは少ないと思ったけれど、腹に収まると蕎麦は程よく膨《ふく》れ、胸焼けしない程度に満腹となった。さっきのスタッフが赤い湯桶を持ってきて、

「濃いところが下に溜まるので、静かに湯桶を回して飲んでください」と言う。

「濃いところ？」

訊ねると、またも微笑みながら教えてくれた。

「蕎麦湯は蕎麦のゆで汁で、冷たいお蕎麦で冷えたお腹を温めるのと、つゆや薬味などをきれいに平らげていただけるようお出ししています。お蕎麦が少し足りない場合もこれで調整できますし、蕎麦が美味しくないと蕎麦湯はお出しできないので、蕎麦湯は蕎麦屋の

誇りなんですよ」

教わったとおりに湯桶を回し、残ったつゆにトロリと半透明の湯を注ぐ。こんなものが美味しいのだろうかと恐る恐る飲んでみると、ほっと疲れが溶け出す味で、長野駅へ着く直前に鉄橋から見た北アルプスの尾根が思い出された。シンプルな料理ほど土壌と水がよくなければ成り立たない。天に近い山々の水を湛える信州に、蕎麦は相応《ふさわ》しい食べ物だと思った。

つかのま観光客気分を味わって蕎麦屋を出ると、日差しは斜めに傾いていた。西の空が朱色に染まって街に明かりが点き、人波はさらに増している。長野駅近くから善光寺まで、真っ直ぐで長い参道が通っているが、盆を迎えるためのお花市も終了し、寺のほうから人が流れてきたようだった。それが証拠に多くの人が盆花や供物や提灯などを抱えている。怜は人々が行き交う参道と平行して走る長野大通りを北へと向かった。

生ぬるいけれども甘やかに夜気が香る夜だった。信州のお盆の伸び伸びとした楽しさが、風に乗ってくるような気さえした。盆暮れに親類縁者が集まってテーブルを囲み、談笑するさまを怜は思い描くことができずにきたが、ミカヅチ班に勤めるようになって、少しだけイメージがつくようになった。

ミカヅチのメンバーは家族ではなく仕事仲間だが、会議用テーブルで漬物や菓子を食べたり、たまには外へ食事に出たり、そんな些細な関《かか》わり合《あ》いが何より嬉しく、幸せだった。みんなどうしているかなと、暮れていく空を見上げて思う。

整備された路面は歩きやすくて、しばらく進むと前方に権堂町が見えてきた。それは大通りに分断されたアーケード街で、通りの左右に伸びている。地図アプリで確認すると、左へ曲がれば善光寺参道、右へ折れてアーケードを出た先に、鶴賀という町があるらしかった。通りとアーケードが交差する場所に広場があって、巨大な獅子頭《ししがしら》のモニュメントが置かれている。その奥に鳥居が垣間見《かいまみ》え、神社があるようだった。

怜は大通りを右手に折れた。わずかな距離でアーケードは終わり、先に古い町並みが見えている。暮れていく空に色とりどりのサインが浮かぶ飲み屋街のようだった。

遊郭跡地にあるものは、青線の水路と神社と歓楽街、風呂屋だと小林学芸員は言う。善光寺、長い参道、アーケード通り、そして古い飲み屋街……土地は色濃く歴史を残しているわけか。そこには古くて小さな建物がひしめき合って、ケバケバしい色の明かりが点《と》もっている。怜は引かれるように歩き始めた。

下見板張りの外壁を持つ住居兼飲み屋や、補修しすぎてパッチワーク状になり、もはや下地が何であったかわからなくなった焼き肉屋、入口が開けっぱなしでカウンター席しかないラーメン屋、腰板がタイル張りのおでん屋などが次々に現れて、昭和を模したテーマパークを行くかのようだ。道幅は狭く、左右から電柱や街灯の柱がせり出して、灰色に暮れる空には無数の電線が行き交っている。卑猥《ひわい》なピンク色のネオンを灯した店の扉が不意に開いて、リウさんと同年代のママさんが裸同然の恰好《かっこう》で外に出てきた。玄関周りに塩を盛り、切火をしてから店に戻った。漏れ出してきた店内の照明は紫色だ。

怪しげな店が並ぶ一角を過ぎるとケバケバしい明かりも途絶え、そこから道が広くなり、道沿いに色のないビルやガランとしたコインパーキングが並んでいた。青線水路は暗渠になっているようだったが、たしかに銭湯も残されている。この広い道で囲まれた一帯が遊郭だったらしく、空き家や駐車場や廃墟《はいきょ》のようなビルの合間にラブホテルが建っていて、小林学芸員が言っていた公民館もすぐ見つかった。朱《あか》い鳥居と小さな社殿もあって、公民館の敷地共々玉垣で囲われていた。鳥居の扁額には三神社と書かれている。

遊郭に祀られるのは稲荷神が多く、古くは御倉神《みくらのかみ》と称された倉稲魂命《うかのみたまのみこと》のことと聞き及んでいるが、こちらの三柱は如何《いか》なる神か。怜は社殿に手を合わせ、土地を見せていただいていますと挨拶《あいさつ》をした。

夜が深まってきたというのに、境内《けいだい》を照らす明かりはわずかだ。真摯《しんし》に祈りを捧げていると、人々の喧噪《けんそう》や三味線の音、笑い声やざわめきが聞こえてくるようだった。けれども意識をこちらへ戻すと、社殿の上に枝葉を伸ばす木々の梢《こずえ》がサラサラと鳴り、蒸された風が鼻先をかすめるだけで、賑やかなさざめきはおろか禍々《まがまが》しい気配も遊女の悲哀も、土地の穢《けが》れも感じなかった。この場所に残されているモノは、往事の賑わいと旅人たちが運んだ活気、人々が懸命に生きた時代の名残《なごり》だけだと怜は思った。

鶴賀新地跡を示す石碑は境内の隅にあり、土地の由来が記されていた。最近の建立らしく、玉垣や石灯籠《いしどうろう》よりずっと新しい。遊郭の歴史を負の遺産とせず、受け入れて残そうという土地の人々の気概を感じた。

「……そうか──……」

穢れや瘴気や恐怖がなくてガッカリしたのは初めてだ。

ここへ来れば小埜が言う怪異の元を感じ取れると思っていたのに、あるのは潔い清々《すがすが》しさだけで、遊郭で栄えたことへの誇りや感謝をむしろ感じるほどだった。隠すのではなく歴史の上に生きていく、人々のそんな想いが産土神《うぶすながみ》に通じて、よくないものが眠りについたというような。

当てが外れて怜は考え込んでしまった。不審火の原因はここにない。そうなると小埜が示した数ヵ所は、遊郭とは無関係だったのか。

「困ったな」

呟いて空を見た。飲み屋街を外れてしまえばあまりに殺風景な町並みだ。点在する空き地や駐車場はたぶん娼楼の跡地だろう。時代と共に求められるものも人の生きざまも変化して、灰色の町並みに残っているのは空虚さだけだ。

までよ？　でも、今ある歓楽街はどうだろう。こちらが新地の抜け殻ならば、怪異は人に憑いて人のいる場所へ移動したとも考えられる。

怜は権堂町へと踵を返した。

通ってきたばかりの道を戻ると、暗がりに一際異彩を放つ蛍光ピンクのネオンにまた目が留まる。『BAR』と大きく書かれた片隅に、『まみこ』と小さく名がある店だ。入口の盛り塩を見下ろして、リウさんみたいなママだったなと思う。赤線がなくなるきっかけが一九五七年施行の売春防止法として、あのママなら、遊郭があった当時を覚えているかもしれない。

いかにも怪しげなバーの外観をじっと見た。一見《いちげん》さんが入りたくなるような構えではないし、ぼったくりの店かもしれないけれど、赤バッジの事情に鑑《かんが》みて、手ぶらで長野を去るのは厭だった。

「よし」

と自分に頷いて、怜は真っ赤に塗られたバーの扉を手前に引いた。

「いらっしゃいませーっ」

意外にも若々しい声がした。六人掛ければ一杯になるカウンターだけの店内に四十がらみの女性がいて、グラスをせっせと磨《みが》いていた。さっきは確かに八十過ぎに見えたのに、錯覚だろうかと立ち尽くしていると、彼女は一番奥の席を指し、

「こちらへどうぞ」

と、怜に言った。客はいなくて怜一人だ。

「ご旅行ですか？　長野は初めて？」

今さら出ていくわけにもいかず、リュックを下ろして床に置き、年季の入った回転式の丸椅子に掛けた。床は剝《は》げかけたコンクリートで、店内は昭和レトロが過ぎている。

おしぼりとコースターをカウンターに並べて、

「何になさいます？」

と、女性は訊ねた。天井からペンダントライトが下がっていて、それが紫色をしているものだから、見るものすべてが妖《あや》しげな蛍光紫に染まっている。メニューはないし、カウンター奥の食器棚に並ぶ酒類も、銘柄《めいがら》すら怜は知らない。仕方がないので、

「じゃ……ビールをください」

とお願いすると、女性は、

「はーい」

と返事して、一口ビールグラスを二つ出す。小洒落《こじゃれ》た器にナッツとドライフルーツを盛ってカウンターテーブルに置き、冷えたグラスを怜に持たせてお酌《しゃく》してから、

「私も頂いていいかしら？」

と、自分のグラスを怜に向けた。

厭とは言えない雰囲気なので、怜は彼女に酌をした。軽くグラスを合わせると、彼女は

一気に飲み干した。老ママは裸同然のスリップドレスを着ていたが、彼女はノースリーブのワンピース姿だ。特にセクシーなデザインでもなく、素人っぽさに好感が持てる。

怜も二口ほど飲んでから、

「冷えていて、おいしいです」

と、口元を拭った。また酌をしてくれたので、あまり飲まされないよう、こう訊いた。

「あの……ママさんは？」

「あら」と女は顔を上げ、

「お客さん、ママの知り合い？」

と、怜に訊いた。

「違います。けど、さっき前を通ったら、切火してるのを見かけたので」

「へえ。若いのに切火なんて知ってるんだ、博識だわねえ。盛り塩と切火はママの作法よ。オープンしてから何十年も続けてるって……ちょっと待ってね」

カウンターの奥に厨房があって、長い暖簾が下がっている。暖簾に頭を突っ込むと、

「まみこママー、若いファンが来てるわよーっ」

と、大声で呼ぶ。しばらくすると暖簾の奥から、短髪を金色に染めた老女が出てきた。

「あーら、いらっしゃい……ファンって、このお兄ちゃん？」

立ち上がって頭を下げると、ママはカウンターの奥から首を伸ばして怜を見つめた。

「ごめんなさいねえ……常連さんの息子か、お孫さんよね？　誰だったかしら」

誰に似ているだろうとジロジロ見るので、怜は恐縮して言った。

「いえ、お邪魔するのも初めての旅行者です。たまたまママさんをお見かけして、お話を聞かせてもらえないかと思って」

ママは首を傾げて訊いた。

「いいけど、なんのお話だい？」

隠しても仕方がないのでズバリと話した。

「鶴賀新地を見に来たんです。公民館の神社にお参りしてきた帰りですけど、向かう途中でこちらの看板のショッキングピンクに目を惹《ひ》かれ、さらにママさんが切火をするのを見かけたもので、なんというか……タイムスリップしたような気が……」

「うふふ、それで店に入れば紫だもの。驚くわよねえ、普通はねえ」

と、女が笑った。

「ミカちゃんはまだ若いけど、あたしと店は、ここで五十年以上もやってるからね。ピンクのネオンに紫の明かり、当時はそういうのが普通だったのよ。ま、たしかに今では昭和の映画セットみたいと言われるけども、それがまたウケてお客が来るのよ。お兄ちゃんみたいに」

ママは赤く塗った唇を大きく開けて「あはは」と笑った。骨に皮膚が載っただけのような顔は、目も口も化粧で描いてある体《てい》だ。スリップドレスの胸元に胸骨が透けても、大きなイヤリングをぶら下げた彼女はとても魅力的だ。怜は三婆ズを思い出していた。

「五十年はすごいですね。じゃ、ママさんは、遊郭があった当時のこともご存じですか？」

空のグラスをひとつ出してカウンターに載せると、怜がお酌をするのを待って言う。

「もちろんですとも。知っていますよ？　この年ですからね」

「おビール、もう一本いかがです？」

すかさずミカと呼ばれた女が訊いた。頷くとママが素早くビールの栓を抜き、

「この店はね、もともとあたしの親たちが、食堂をやってた場所なんですよ」

と微笑んだ。怜に酌をしてくれながら、

「こんな小さな店で兄妹《きょうだい》六人育てたんだから、昔の人はたいしたものよ。あたしは末っ子で、ほかへ働きに出てたんだけど、男運が悪くて戻ってね、親たちの店を手伝って……そのあとバーにしたってわけ」

ニタリと笑う。

「遊郭があったころはよかったけどね、年々立ちゆかなくなって飲み屋にね。昔このあたりには寿司《すし》屋やラーメン屋がたくさんあって、昼でも夜でも遊郭の客やお女郎さんが出前を取って、商売できていたんだよ。ここだけじゃなく、権堂にも料亭がいくつもあって、

どこも繁盛していたわけよ。鶴賀新地がなくなって、アーケードを作って、大きいスーパー呼び込んで、活気を取り戻そうとしたんだけども、そのあとバブルが弾《はじ》けたりで、今じゃ寂れる一方よ。うちみたいな小さい店は、それでもなんとかやってこられたけれど、遊郭や料亭みたいに大きな身上《しんしょう》のところは大変よ、旅館になったり結婚式場にしてみたり、色々やっても時代の波には逆らえなくてね……娼楼なんかは中を区切って借家にしたりしてたけど、まあ、建物自体が古すぎちゃってね。だけど、ほんの数年前までは、建物がまだ残ってましたよ。お兄ちゃんみたいな廃墟マニアが勝手に入って撮影したりしてたけど、さすがに危険で取り壊されて、今はコインパーキングになってます」

追加のビールを二人に酌して、怜は訊いた。

「公民館の建物が昔の見番所だと聞きました。由来の碑《いしぶみ》が立ってるんですね」

「あの案内板は善光寺周辺のいろんなところに立っていますよ。北陸新幹線が来たときに、街をきれいにやり直したのよ、そのときにね」

「そうだったんですね」

ママがお酌をしてくれたので、怜はもう少しだけビールを飲んだ。

「あの……変なことを聞くヤツだと怒らないでほしいんですけど……遊女さんたちの悲しい話とか、怖い話とか、そういうのが残っていたりしませんか？」

そして、すみませんと頭を下げた。

「決して揶揄《やゆ》しようとか、興味本位でネットに上げようとかいうんじゃないんです。ぼく世代にとって遊郭は、なんというか、色々と想像できないからこそ魅力的に映るというか……そういう言い方は無責任で間違っているのかもしれないけれど」

厭な顔をされるかと思ったのに、ママはおおらかに「ははは」と笑った。

「ま、遊女と聞けば悲劇のイメージが強いんだろうねえ。貧しい農村出身で、身売りされて、年季が明ける前に亡くなって……残りの借金の返済を迫られるのがイヤさに親も親戚《しんせき》も遺体を引き取りに来られなくて……」

そういう感じ？　と、ママが訊いたので頷いた。

行灯《あんどん》部屋に閉じ込められて折檻《せっかん》されたり、我が身をはかなんで自殺したりと、怜が遊女に抱くイメージは、そんな程度のものだった。

「たしかにね、お女郎さんを供養しているお寺もあるにはあります。あまりに引き取り手がないものだから、後から『死人の借金はチャラにする』ってなったくらい……でもねえ、ここに住んでるあたしたちから見たならば、遊女はみんな、普通に仕事して生活していた人たちですよ。見世物小屋の人だって……牛女とか、蛇女とか、人魚とか小人男とかね、興行の合間には小屋裏でキャッチボールしたりして遊んでる、おどろおどろしいところなんかこれっぽっちもない普通の人よ……今の人は想像がつかないかもしれないけども、当時の寒村の貧しさって言ったらね、本当に酷いものだったんだから。屋根のあるところに住んで、着るものがあって、風呂《ふろ》に入れて食べられるだけで、どれほどよかったか」

「あたしもまみこママから聞いて知ったんだけどね」

と、横からミカが口を挟んだ。

「裸同然で、体中潰瘍《かいよう》だらけで、水もトイレもない場所に牛馬や虫と暮らしているような有様《ありさま》だって。ちょっと想像つかないわよね」

本当に想像がつかないので、怜は黙って聞いていた。ママが言う。

「戦後になってGHQが、遊女の人身売買は野蛮でけしからんとか言って公娼廃止指令を出したけど、あれは結局上っ面を整えただけで、商売自体はなくならなかったよ。遊女は売られてきたわけじゃなく、自分から望んで仕事をしてるというふうに、表向きが変わっただけ。だって、みんなわかってやってたんだから……このあたりではお女郎さんを見下す人もいなかったし、むしろ身請け人になって面倒を見て、そのかわり上げ代の上前をはねたりで、持ちつ持たれつだったのよ。女たちも『女郎ですけど何が悪いの？』ってなもんで、活気があってね、楽しかったねえ。大門《おおもん》の両側に三階建てと五階建ての娼楼があって、道も広くて、人で賑わって、門から向こうは別世界って感じよ。昼間に店の手伝いで出前にいくと、娼楼の手すりに肘《ひじ》かけて、浴衣姿のお女郎さんがタバコ吸ったり、ぼーっと遠くを眺めていたりで……色っぽくてきれいでねえ、憧れたよね。あの高さからだと、どんな景色が見えるんだろうと子供心に思ったけれど、今にして思えば景色じゃなくて、遠くの故郷を見てたのかもね。高い建物なんか全然なくて、野っ原が広がっていただけだから……」

「トラブルや火事なんていうのもあったんですか？」

「揉《も》め事《ごと》は色々あったでしょうけど、火事はボヤしか知らないね。旅のお客が多いから、一人に入れあげて身を持ち崩すみたいなことは少なかったのか……とにかく今とは時代が違って、ストリップ小屋もあれば芝居小屋も、見世物小屋からミルクホールまで、なんでもあったよ。口に出せない下品な興行も山ほどあったし」

そしてお通しのナッツを勝手に食べた。

「でも、まみこママ」

と、話に入ってきたのはミカだ。

「遊女の怖い話というなら、ここよりむしろ善光寺のほうじゃない？」

声を潜めるその言い方に、怜はザワリと鳥肌が立った。

「具体的にはどこですか？」

タバコに火を点けて煙を吐きながらママが言う。

「鶴賀に遊郭が来る前はねえ、善光寺周辺がぜーんぶ花街だったのよ。ここは歴史が古いでしょ？　今の桜枝町なんかは桜小路《さくらこうじ》って言って、室町のころから遊女が暮らす町だったって、イマドキの人は知らないでしょ」

「あー……もうー……お兄ちゃん、いい人そうだから特別に教えてあげようか……」

黙ってママの話を聞いていたミカが、不意に身を乗り出してきて言った。

「あのねえ……怖いというんなら、こっちよりむしろ、そっちのほうだと思うわよ」

「え。教えてください。どこですか」

ママの吐き出す煙にまみれてミカが言う。

「どこって言われても、地図アプリにもないからね。路地裏のひっそりした場所にポツンポツンと……」

「何ヵ所かあるってことですか？」

「だから、昔は善光寺周辺に、いくつも花街があったんだって」

「あのね、ええと……権堂から善光寺のほうへ、なるべく細い道を探して入っていくと……うーん……暗くて雰囲気が怖い、草だらけになった場所に祠があるのよ」

「なんの祠ですか？」

「わからないから怖いんじゃない。人を呪うと叶《かな》うって噂があって、たまに女の人がお参りしてるのを見かけると、ホントにホラーの感じがするから」

「お兄ちゃん、ビールからウイスキーにするかい？」

と、ママが訊く。さすがに怜は断った。

「ごめんなさい。あまりお酒が強くないので」

「そうみたいだね。ビールもほとんど飲んでないものね」

「すみません」

頭を下げるとママは笑って、氷を入れたグラスにリンゴジュースを注いでくれた。

「はいよ、これは店のおごりだ。砂糖も水も入ってない農家の自家製。おいしいよ」

礼を言うとカウンターの奥から首を伸ばして囁いた。

「花街に決まった話じゃないけどさ、神社ってのは、いろんな願いを持ち込まれるじゃないか。健全な願いだけじゃなく邪《よこしま》な願いも……」

「わかります」

「だからさ……このあたりは寺も神社も多いけど、罰当たりな願いは公にせず、こっそりと祠にね」

「路地裏にひっそりあるの……それこそ大きな声じゃ言えないけれど……」

紫色の照明に二人の顔が妖しく浮かぶ。店内の至る所に闇があり、この店はすでに存在しておらず、二人もこの世の者ではないのかもと思ったりする。

「……男を祟り殺したり、商売敵を呪ったり……ほんとうにできるんだから」

と、ミカが囁く。怜はリンゴジュースを飲んで、

「うわ、おいしいなこれ」

と、陰気を弾いた。不気味だった二人に笑顔が浮かぶ。

「ま、それもこれも夜の街に伝わる噂よ」

と、ママは笑うが、ミカはそう考えていないようだった。

「つい最近もね、不思議なことがあったのよ。人から聞いた話だけどね、このあたりをシマにして女を騙して貢がせていたごろつきがいたの。訳あり女と見れば優しいふりで近づいて、遊んで稼がせて借金背負わせて売り飛ばす……最低の男よ」

言葉に力がこもっている。黙って聞いていると彼女は言った。

「そいつがある晩、祠に手を合わせている女を見つけて声をかけたの」

怪談効果を狙ってか、彼女はカウンターに身を乗り出してひそひそ喋った。

「雨の夜だったって……祠に赤いロウソク灯して、熱心に手を合わせている……傘も差さずに……それでね、カモにしようとハンカチを貸したの」

「傘じゃなく？」

横からママが茶々を入れると、

「そういうバカよ」

とミカは答えた。

「だけどね、声を掛けたとき急に女のことが怖くなって、逃げ出したんだって」

「何が怖かったんですか？」

「知らない」

と、無下に言う。

「でね……そいつが家で寝ていると、誰かがドアをノックする。インターホンもベルもあるのよ？　なのにノックをするんだって。コツコツ、コツコツ……そして女の声がする……こんばんは……借りたハンカチを返しに来ました」

「やだ、こわい」

ママはタバコを持つ手を抱き寄せた。

「すぐに、あの女だと思ったって。名前も住所も伝えてないのに。のぞき穴から見ると誰もいなくて、なのにノックの音はする。誰もいないのにノックがするの……怖くなって震えていると、ノックの音は一晩中続き……」

翌朝になってドアを開けたら、玄関前の通路がビッチョリと濡れていたって。

と、満足そうにミカは話を終えた。

「それって、典型的な怪談のパターンですよね」

怜が言うと、彼女はさらにドヤ顔を見せ、

「そう思うでしょ？　でも、そうじゃないのよ。その男、そんな話をした数日後に火事で焼け死んでしまったの。これは消防の人から聞いた話だけど、タバコの火の不始末とか、漏電とか、そういう原因がどこにもないって。マンションは新築でオール電化、自分の車とマンションでは絶対にタバコを吸わないヤツだったから、消防も首を傾げているのよ」

資料館で小林学芸員から聞いた火災のことだ。

「やーだ怖いね。まあ、お盆にはそういう話をよく聞くけども」

二人はもはや怜のビールを、手酌《てじゃく》で勝手に飲んでいる。

「あとね、この話にはまだ続きがあるのよ。最近火事が多いでしょ？　ああ、お兄さんは都会の人だから知らないか……ホントに火事が多いのよ。でね、男ばかりが焼け死ぬの、ヒモやごろつきやDV男が」

「ヒモやごろつきって、それはどうしてわかるんですか」

訊くとママが妙な笑い方をした。

「そりゃあんた……ミカちゃんもこの業界が長いのよ。蛇《じゃ》の道は蛇《へび》って言うでしょう。お客はそれこそいろんな人が来るわけで、飲めば色々と素面《しらふ》では話せないことも話したくなって、不安の種を捨てていくのよ。飲み屋ってのはね、お酒売るだけの商売じゃないよ？　お客が心の塵《ちり》や芥《あくた》を捨ててスッキリしていく場所だよ。そうでもなけりゃ、こんなババアのやってる店が五十年以上も続くわけない」

蛍光ピンクのネオンと蛍光紫の店内に納得できた瞬間だった。

「うぇーい！　まみこママー、まだ生きてたかーい？」

いきなりご機嫌な声がして、二人の酔客が乱暴にドアを開けて入ってきた。

「おあいにくさま、生きてたよーっ！　いらっしゃい！」

ママがカウンターの中を移動していく。賑やかになってきたので会計を頼むと、二千円ですと言う。ぼったくりを覚悟していたのでホッとした。

「気に食わない客なら六千円と言うんだけど、お兄ちゃん、いい人そうだし、あまりお金を持ってなさそうだしね」

「え……あの……色々とお話を聞かせていただき、ありがとうございました」

礼を言うとミカはニッコリ微笑んで、

「さっきの話の男だけどさ、私のヒモだったのよ。ざまあ」

しれしれとそう言った。酔客二人と老齢のママは、すでに強い酒で乾杯している。

「ママさん、ごちそうさまでした。リンゴジュースおいしかったです」

頭を下げてリュックを抱え、狭い店内を横歩きで出口へ進むと、

「そりゃよかった、また来てちょうだい」

と、ママが言い、

「兄ちゃんよ。すぐに来ないと、ママはいつまで生きてるかわかんねえぞ」

と、酔客は笑った。

「失礼だわね。そんときゃあんたも連れていくから心配しなさんな」

「おおー、怖え〜っ」

どっと湧き起こった笑いと、手を振る酔客やママに見送られて店を出た。

この店にまた来る機会があればいいなと怜は思い、広目さんや極意さんを誘ったらどんな顔をするだろうかと考えたりもした。

「さて……と」

狭いので胸に抱えて店を出たリュックを背負って飲み屋街に立つ。

因縁の元は遊郭跡地にあるとばかり考えていたけど、まみこママの話はそうではなかった。怜は鶴賀新地の方角を振り返った。往時は立派な娼楼が建ち並び、活気と賑わいに包まれていたそこは、怨みよりもむしろ人を生かす生命力に満ちた場所だった。陰陽道に通じた土門なら、『陽』と称する『表舞台』だ。見番所跡地の神社で禍々しい気配を感じなかったのもそのせいだ。

ただし、と怜は権堂町の方角を見る。光が差せば影が出る。表舞台が生んだ影もまた、秘して近くに残されていたのだ。公に参拝できる神社ではなく、人目を忍んで恨み言をいう祠として、陽が差す場所のすぐ近く、影に紛《まぎ》れてひっそりとある。

怜はコクンと頷くと、威勢よくリュックを背負い直して歩き始めた。

大通りを突っ切って、権堂町のアーケードを善光寺へ向かっていく。時刻は午後十時過ぎ。さほど遅い時間でもないが、獅子頭のモニュメントがある広場に立つと、アーケードに並ぶ店のほとんどがすでにシャッターを閉めていた。

広場の脇に見かけた鳥居は秋葉社《あきばしゃ》のものだった。秋葉権現は火伏せの神だ。なるほど鶴賀新地ではボヤしか起きなかったというのなら、霊験あらたかだったのだろう。

神社は無人で明かりも乏しく、境内の銀杏《いちょう》が夜風に枝葉を揺らしている。腰をかがめて目をこらし、石碑や玉垣の彫り文字を調べると、建立や普請に寄進した娼楼や料亭の名前が刻まれていた。こちらも社殿に手を合わせ、怜は無意識に三婆ズの無病息災を願った。まみこママもずっと元気でいてほしい。

祈りは自分自身の心を深く覗《のぞ》き込《こ》む行為だと思う。閉じた瞼の裏側に神経を集中していると、上下も左右もない暗がりに自分がいて、空間にたゆたうような陶酔感がある。

祈り終えて顔を上げ、さて、出かけようと振り向いたとき、真後ろにボロボロの着物を着た人がたくさん並んでいてギョッとした。色はなく、無表情で立ち尽くし、一心に社殿を見つめている。

「え」

と、呟く間に人々は消え、後にはなにか小さなゴミが、石畳をこすりながら風にさらわれていくばかりだった。

「……え?」

怜がもう一度言ったとき、スマホのバイブがけたたましくポケットを叩いた。

慌てすぎて落としそうになりながらスマホを見ると、プロフィール画面に『極意さん』

の文字がある。

「もしもし？」

「この大馬鹿野郎が！」

耳に当てるなり怒鳴《どな》られた。

「え……極意さんですか？　どう……」

「犬っころみてえなテメエ一人で、何ができると思っていやがる！」

怒り心頭に発する声だ。

「ぼくが何か」

「くそバカ！」

叫んで通話はブツンと切れた。

誰もいない境内を、生暖かい夜気が包んでいる。

「……え……？」

怜はスマホに問いかけた。何かしたかな、極意さんは何を怒っているんだろう。

神鈴か広目に電話して事情を聞こうかとも思ったが、こんな時間なのでそれはせず、自分のほっぺたを両手でパチンと張ってみた。まさか、ぼくが呪いを解こうとしているのを怒ってるのかな。土門班長も警視正も悪魔に逆らうことには反対で、それはミカヅチ班の仕事じゃないし、仕事というならむしろ手を出すことなく隠蔽するのが使命なんだし……

怜はキュッと唇を噛んだ。頬がヒリヒリ痛かった。

人は怪異に太刀打ちできない。肉体は脆《もろ》くて死ぬ運命にあり、怪異は肉体よりも魂を狙って忌み地を広げていくわけだから、徒《いたずら》に手を出して巻き込まれるのはよろしくないと、そういう事情も理解はしている。理を曲げ、則を超えてはいけないと。

「でも、イヤなんだ」

夜空を見上げて呟くと、言葉が槍《やり》のように降ってきて、自分を突き刺すように思えた。

それでもやっぱりイヤなんだ。極意さんを地獄の犬に喰わせるなんて、絶対に、許せない。彼を悪魔にするのもイヤだ。ミカヅチのメンバーが極意さんの起こす怪異を隠蔽し、その都度、極意さんの身に起こったことを思い知らされるなんて冗談じゃない。

悪魔はわずかばかりの希望を与えて彼を絶望の淵から引き戻し、真実を知らしめて奈落《ならく》に落とし、生皮を剝ぐように苦しめ続けている。その手口が酷すぎて、やっぱりぼくは許せない、どうしても許せないんだ。

ヒントくらいは教えてやろうと、頭の中で小埜が言う。

――戦いに勝つ秘訣は、準備を重んじ、無闇に剣を抜かないことだ。敵を知り、援軍を整え、逃げ道を確保して勝算を得る。そして初めて剣を抜く――

それが兵法。準備をしろと。

「するさ」

誰にともなく言ったとき、怜は自分の全身が、ボウッと光っているのに気がついた。わずか数秒で光は消えたが、それと入れ替わるように広場の端で、ふらりと小さな火が燃え上がるのを目の端に捉《とら》えた。

火は腰の高さほどの場所に浮かんでじっとしている。何の火だろうと目をこらしていると、今度は生き物のように動き始めた。広場を出てアーケードを進んでいくのでハッとした。待って。と、心の中で呼ぶと、怜は火を追いかけた。

それは逃げるでもなく、立ち止まるでもなく、怜の数メートル先を進んでいく。目をこらしても火だけがチラチラ燃えながら人の歩く速度で動いていくのだ。善光寺へ向かうのだろうかと考えていると、不意に通りを脇へと逸れた。

——とにかく権堂から善光寺のほうへ、なるべく細い道を探して入って——

ミカという女性が教えてくれたとおりに隙間かと思うような小路へ入ると、路面に敷石が張られていた。火が逸れたのは建物の隙間さながらの狭い小路だが、路面だけはきれいに整備されている。その代わり、左右に迫る建物は『BARまみこ』と同じくらいに古ぼけていた。火はその細道をヒタヒタと進んでいる。怜は迷わず火を追った。

何メートルか歩くうち、ぼんやりと、白い踵《かかと》が敷石を踏んでいくさまが見えてきた。おや？　と、さらに目をこらしていると、くるぶしと足首も見えてきた。やがてふくらはぎが見えて裾が現れ、脚が着ているのが艶めかしくも赤い肌襦袢《はだじゅばん》とわかった。襦袢は肉体を包んでいて、張りのある臀部《でんぶ》に細い腰、三尺帯を締めた女の身体が次第に浮かんだ。

幻のように現れた女が暗い小路を歩いていく。二十歳に届かぬ歳に見え、背中で一つにまとめた髪は引き回されたように乱れていた。盗み見た横顔はやつれて白く、唇にどぎつい紅を差し、行く手を睨み付ける眼《め》は凄《すご》みがあった。チラチラと燃えていたのはロウソクの火で、女が指先につまんで持って、消えないようにもう片方の手で風よけをしている。一寸ほどのロウソクは血のように赤いものだった。

よくも……よくも……と、女は呟く。

大釜《おおがま》に蛇を詰めて水を入れ、裸で放り込んで火をつけてやる……薪をくべて、竹を吹き、蛇と一緒に煮殺してやっても、まだ足りない。

闇を見つめる眼は鋭くて、深く青黒い隈《くま》があり、白目が真っ赤に充血している。唇が切れて血を流し、こめかみは腫《は》れてどす黒くなっていた。乱れた襟にはごっそりと抜けた髪の毛がへばりつき、腹痛に耐えるかのように前屈《まえかが》みになっている。見れば内股《うちまた》にタラタラと血が流れ、石畳に筋を引いていた。

ちくしょう、畜生、畜生、畜生……みてやがれ……このままではおくものか。

娘は全身から瘴気を吐いて、今にも鬼に変じそうだ。

腕を伸ばして肩を掴んで、彼女を振り返らせる幻を見た。話を聞いて一緒に怒り、なだめたいと怜は願った。けれどもそれをして何になる？　彼女はすでに鬼籍の人だ。

怜は無言で後を追う。流れる血は次第に増えて、ボトリ、ボトリと塊が降る。

その先で、小路は片側に膨らんでいた。建物が少しセットバックして、草ぼうぼうのスペースがある。娘はそこで立ち止まり、風よけをしていた手で襦袢の裾をからげると、引っ張り上げて太ももを剝き出しにした。ドクドクと血は流れ、娘の顔は苦痛に歪《ゆが》み、もはや肩で息をしている。彼女はロウソクを草むらに置くと、股間《こかん》に手を挿し入れて下腹部に流れる血を汲《く》んだ。膝を折り、四《よ》つん這《ば》いで前へ行く。あっ、と思った。

膝丈《たけ》ほどに茂った草の奥に古ぼけた祠が鎮座している。草に隠れて見逃すほどの小さな石祠《せきし》で、格子の御扉《みとびら》がついている。地衣類で変色した灰色の祠は、土台だけがてらてら光って赤い。粘度のある液体が、垂れて流れて草むらまで染めているのは、おびただしい数のロウソクが溶けた跡に違いなかった。

娘は呪詛《じゅそ》の言葉を吐きながら、血液を祠に塗りつけ始めた。

おたのみします。おたのみします。吾《われ》は永楽楼《えいらくろう》の遊女春駒《はるこま》。蒲原《がまはら》下條《しもじょう》山田《やまだ》春日《かすが》の娘トキこと小梅《こうめ》に旦那を奪われ、斯様《かよう》な仕打ちを受けました。吾子《あこ》の血を奉じますゆえ、遊女小梅と吾の旦那に天罰をおたのみもうします。

苦しげに口上を述べるとロウソクを奉じて両手を合わせた。すると火はたちまち土台に移り、燃え残りの灯心にいくつもの炎が燃えた。それが娘の顔を照らしている。あどけなさの残るその顔は今や怨みで醜《みにく》くゆがみ、嚙んだ唇から血が流れている。

いらない。あたしはもう、何もいらない、彼奴《あいつ》らが苦しみもだえて死ねばそれでよい。おっとう、おっかあ、堪忍してね。おたのみします。なにとぞおたのみいたします……。

苦しい息の下で念じると、娘はどうと倒れて息を引き取った。

怜は無言でそれを見ていた。

瞼を閉じてすらいない凄まじい形相は、呪いの成就を見届けるまで目を瞑《つぶ》ってなるものかと、娘が吠《ほ》えているようだった。こんな有様で死んだなら、骸を発見した者がおぞましさを吹聴《ふいちょう》すれば、呪いはきっと成就したはず。

石祠に燃える赤い火は、女たちの怒りや情念だ。公の願いは神社に。邪な願いは祠に。老いたママが紫色の顔をして笑う。かつて花街だった土地の随所に今もひっそり祠が残り、祠の秘密を知る者が、呪ったり祟ったりしているというわけだ。

——実際にはみんな普通に仕事して、生活していただけなのよ——

嘘だ。決してそれだけじゃなかったはずだと怜は思う。

——女郎ですけど何が悪いの？——

それは遊女の哀《かな》しい矜持《きょうじ》。そう言って虚勢を張る以外、なにができたというのだろうか。クールに仕事をするわけも、ほかに選択肢がなかったからだ。

彼女たちは泣き言をいわず、歯を食いしばって平気な顔を装い続けた。貧しい暮らしと町での暮らしを天秤《てんびん》に掛けて自分を鼓舞し、不平不満は胸に沈めて生き抜いた。自分の心を誤魔化しすぎて、自分でも本心がわからなかったのかもしれないけれど、でも、ときに、理不尽な境遇に傷ついてやけになることもあったろう。隠し続けた本心は祠が聞いて、すべてをまるごと受け入れたんだ。

娘の姿はすでに消え、火だけが赤く燃えている。怜は祠に近づくと、亡骸《なきがら》が横たわっていた場所にしゃがみ込み、土台に燃える火を一つ一つ指につまんで消し取った。けれど手を合わせることはせず、スマホのライトで祠を照らした。

闇に白々《しらじら》と浮かんだ祠は屋根のかたちが妻入りだ。屋根面と水平に御扉があるものは神明造と呼ばれて天孫系の神を祀っているが、これは御扉が屋根面と直角になるようにつけられている。妻入り屋根の宮に祀られるのは、天孫が降臨する以前から地上におわした国《くに》津神《つかみ》と聞く。大国主命《おおくにぬしのみこと》のように、天孫に領土を奪われた神々だ。石祠は荒ぶる御霊《ごりょう》のかたち。祟り神を祀っている。怜はひとり頷いた。御扉が格子状に刳《く》り貫《ぬ》かれた石なのも、遊女が並ぶ張見世になぞらえたせいかもしれない。祠にはなんの文字も彫られていない。ひっそりと、人知れず、遊女らが金を出し合って建てたのだろう。

風が草藪をゾワゾワ揺らす。空には月明かりしかなくて、周囲に闇が凝《こご》っている。瘴気は宙に拡散し、あたりを不穏な気配で包む。

スマホのライトを御扉に向け、怜は扉の内部を覗いた。強い光は格子の影を黒くひき、目をこらしても全容が見えない。けれども、光の向きを変えながら見えているもののイメージをつなげていくと、次第に理解できてきた。

紙でまとめて縛ってあるのは黒髪だ。古いものらしく傷んでボロボロになっている。非業の死を遂げた遊女の髪と思われた。ほかにガラスの小瓶《こびん》もあって、爪と歯が入れられていた。旧字体で猫イラズと書かれた包み紙、古ぼけたお守り、欠けた櫛《くし》、小枝と糸で作った人形に陰毛を植え込んだ呪物《じゅぶつ》まである。赤いまち針を刺した目がこちらを見つめ、ゾッとして怜は明かりを消した。ふわりと長い黒髪が、頬を撫《な》でていった気がした。

遊女たちが仲間のために祠を祀った。怨みを抱いて死んだ友の髪や簪《かんざし》を納めて人知れず冥福《めいふく》を祈ったものが、時を経《へ》て別の力を持ったのだ。呪いの祠と噂が立って、人は呪物を納めにきた。人を呪わば穴二つ。満願成就で相手が死ぬと怒り癖《ぐせ》がついて他人を怨み、やがて己を焼き尽くす。ここは女たちの怨みが溜まった場所だ。

不実な男が近寄れば、たちまち祟って焼き殺す。地霊が騒ぎ始めた今なら効果はてきめん。徒な願いすら恐ろしい力を発するようになったんだ。

子宮が吐く血を祠に塗って、『おたのみします』と訴えていた娘の無念を怜は思う。死んでも毎晩願掛けに来ているなんて。祠は怨みで女たちを囚えてしまった。怨嗟《えんさ》で死んだ者たちは、死ぬこともできずに迷っているんだ。

そう考えたときハッとした。

秋葉社の境内に佇《たたず》んでいた貧しい身なりの人たちのことだ。盆には親類縁者の霊が集まって打ち合わせをすると小埜が言っていた。遊女の縁者もそうだろう。お盆くらいは再会をして、互いを案じ合いたいだろう。信州の盆は月遅れ。貧しい身なりのあの人たちは、死んだ遊女の縁故者ではなかろうか。怜は秋葉社のほうを振り返ったが、そこには古びた板塀と、板塀の上から顔を出すボサボサの木があるだけだった。

郷里の親らが娘を探して一帯をさまよっている。けれど娘は成仏していないから、見つけることができずにいるんだ。死んで彼岸にいる者と、死にきれなかった者とでは、幽世《かくりよ》の別の階層に存在して、互いの姿が見えないから。

おたのみします。おたのみします。

あの娘が真に願うべきは、復讐《ふくしゅう》ではなく救いだったんじゃなかろうか。覚悟の上で遊女になって、一生懸命生きていたのに、人を怨んで死に切れないのはあんまりだ。生きているときは借金に縛られ、死んだら怨みに縛られて、最期に助けを求めた先が人間ではなく祠だなんて。怜はスマホのライトを消して、黒い影となった祠を見つめた。

ミカヅチ班は救わない。祓わないし、調伏もしない。だけど……でも……。

祠は闇に佇んでいる。怜に向けては瘴気を吐かず、けれど助けを求めもしない。悲しい幽霊に声を掛けたら『あんたなんかに用はない』と、肘鉄《ひじてつ》を食らわされたかのように。

遊女は読経も同情も求めない。怨む心を隠そうともしない。醜いとか汚らわしいとか下品だとか、人に蔑《さげす》まれることを恐れない。ただ懸命に生きて死に、深い怨みの念だけを祠に残していったのだ。そのことを、怜は心から悲しいと思った。

——この大馬鹿野郎が！——

さっきの電話の赤バッジの声が、頭の裏側で突如響いた。

——犬っころみてえなテメエ一人で、何ができると思っていやがる！——

想像を絶するほどの貧困と劣悪な生活環境。当時の事情を知りもせず、遊女だからと同情するのは間違っていた。赤バッジの覚悟や気持ちを知りもせず、彼を救いたいと躍起になっている今の自分も間違っているということだろうか。石祠に塗りつけられた嬰児《えいじ》の欠片《かけら》。死を賭《と》して願った復讐の呪い。祟るのなんかやめろと彼女を諭《さと》す資格はぼくにはないし、成仏してよと頼むのも違う。それは彼女たちの生きざまを頭ごなしに否定することだ。それでも怜は同情せずにいられない。

だってあの娘は苦しんでいる。非道《ひど》い怨嗟に囚《とら》われて、彼岸に渡ることもできずに。

「どうしたらいいんだ」

と、祠に訊いた。

どうしてほしい？　どうしたら、あなたたちは楽になれるの？

草藪がサヤサヤ風に鳴る。繁華街からすぐなのに、一角だけが往時のままに取り残されて、呪い参りに来る女の気配が今も濃厚に漂っている。

ここをこのまま残していくなら、ぼくに極意さんを救う資格はない。人の魂すら救えないなら、悪魔とやり合うことなんてできない。一番は、こんな悲劇を許せない。ぼくが男で、生きた時代が違っていて、当時の事情を知らなくっても、ぼくらは同じ人間だから、あなたたちのことを悲しんだっていいはずだ。

「……そうか」

と、怜は闇に呟いた。

彼女たちを人間に戻せばいいんだ。運命を受け入れて、ひたすらに本心を隠して、自分を騙して、歯を食いしばって生きた彼女たちにはできなかったこと。イヤだと言ったり嘆いたり、馬鹿野郎と叫んで暴《あば》れたり、人が普通にすることを、させてあげたらいいんじゃないかな。封印された涙や感情を解放してあげたなら……そして自分に頷いた。

死んだ娘は肉体を持たない。だからそれができなくて、人を怨み殺した瞬間だけを延々となぞり続けているんだ。肉体を悪魔に乗っ取られたら、極意さんが死ぬこともできずに苦しむように。呪ったから囚われたのだと斬《き》り捨《す》てるのは、契約したなら地獄の犬に喰われろと、極意さんに引導を渡すようなものじゃないか。

深呼吸して、怜は空を仰いだ。

身体の奥の、奥のほうから、力が漲《みなぎ》ってくるようだった。

身体がなくて泣けないのなら、ぼくの身体を貸せばいい。それがどんなに危険な行為で、人の肉体がどんなに脆いか、悪霊を受け入れたらそれが心を切り裂いて、魂を粉々にすることもわかっているけど、それでも怜は考えた。

考えながら、心は決まっていると思った。

古い建物に切り取られた窮屈な空は満月のせいであまりに明るく、月明かりが草藪にくっきり影をひいている。自分の身体と魂が受ける受難なんて、極意さんが背負った受難の何分の一かにすぎないと怜は思い、対峙《たいじ》することで彼の苦しみの一部を知ることができるなら本望じゃないかと自分に言った。外側から、何も知らずに、ああだこうだと言うのはイヤだ。ぼくは誠実に背負いたいんだ。極意さんの受難も、遊女たちの悲しみも。女性の胎内にある海が月に惹かれる満月こそは、遊女の霊を喚ぶのに相応しい。忌むべき祠を拝みはしないが、怜は草藪に頭を垂れると、両腕で自分を抱いて女たちの霊に祈った。

閉じた絶望や悲しみを吐き出すために、ぼくの身体を使ってください。

あなたたちは頑張った。

だからどうか自由になって、行きたいところへ行ってください。

ぞわりと地面が波打った。八月の夜だというのに、宙から寒さが降ってくる。

サワサワと笹の葉が鳴るような音がして、嗅いだことのない臭いが漂う。安物の香水に血膿《ちうみ》や垢《あか》やヘドロを混ぜたような臭いだ。タンパク質が腐った臭い、甘酸っぱい血液の臭い、アルコールと汗と食べ物の匂い、埃と樟脳《しょうのう》、白粉と湯屋、濡れた野良犬が発する悪臭もした。

祠から黒い瘴気が湧いて、怜の身体をなで回す。怜は動かずにそれを見ていた。湯気のように見える瘴気は、触れれば女の指だった。優しげな指ではなくて骨である。身体中をなで回して股間に触れると、肉を突き破って体内に入った。怜は初めて挿入される痛みを味わった。身体が裂けて二つになるような衝撃だった。そこから先は無数のウジ虫に肉を食い破られるような感覚がした。ドロドロとした悪寒が足下に湧き、次第に溢れてヒタヒタと増え、怜は胸まで悪寒に浸《つ》かった。無数の記憶が一気に雪崩《なだ》れ込《こ》んでくる。

女は口が二つある。おまんま喰いたきゃ下の口に喰わせてからだよ。下品な顔つきの老婆がキセルを振り回して気を吐いた。その火を娘に投げつけて、バカ野郎、畳が焦《こ》げる、と老婆は叫んだ。袂《たもと》で消そうとすると足蹴《あしげ》にされて、着物が焦げるじゃないかと激しく撲《ぶ》たれ、その痛みを生身に感じて、怜は心臓が凍《こご》える気がした。絢爛豪華《けんらんごうか》な衣装をまとい、妖艶《ようえん》に微笑んでいるのが遊女と思った。実情は悲惨だったと聞いてなお、生身に代えて慮《おもんぱか》ったことはなかった。おまえ、血を吐くとこなんか見せるんじゃないよ、客が取れなくなるからね。罵《のの》る声が頭に響いて、怜は地面に血を吐いた。空気が薄くて呼吸ができず、ゼエゼエと肺が鳴り、喉は血の味がした。汗がぬるつく男の身体、蟇蛙《ひきがえる》のようなジジイにのしかかられて、遊女はそっと枕の下に血を隠す。年増女が紙包みから紅色の粉を出して酒に混ぜ、『少量ならば早く酔う、少量ならば早く酔う』と、呪文《じゅもん》のように呟いている。紅色の粉は猫イラズ。少ない酒量で酩酊《めいてい》させるため、それを混ぜた酒が売られていた時代のことだ。量を間違えて死んだ人も多かったと聞く。本当に酔わせたいだけなのか、実は相手を殺したいのか、怜も年増女もわかっていない。男と女が蛇のように睦《むつ》み合《あ》い、四肢が複雑に絡んでどちらの手足か見分けがつかない情景を見た。男の肩口から目だけを覗かせ、こちらを睨んだ女の顔は優越感に満ちていて、身を焼くような怒りと嫉妬《しっと》、殺意を抱いた。あんた、小父《おじ》さんにかわいがってもらって図に乗ってるけどね、小父さんはそれが仕事だからやってるだけだよ。教えてやろうか。あんた、手ほどきは小父さんに受けたろう？　みんな一緒だ、あんただけじゃない。あの夫婦はね、そうやって女郎から上前はねているんだよ。女郎とかたぎは何もかも違う。シャバの常識は女郎屋の非常識、覚悟を決めないと辛いだけさね。若い娘の絶望が怜の胸に突き刺さる。ふん、ヨコネにカサだ、いい気味さ、と年増女が嗤《わら》っている。性病に罹った遊女を揶揄しているのだ。悔《くや》しい、悔しさでいたたまれない。怜は感情をコントロールできず、自分の身体が内から弾けてバケモノに変わっていくような恐怖を覚えた。反故にされ続ける口約束、裏切りと嫉妬、貧困の焦りと、情けを信じたことへの後悔、絶望と自己嫌悪、遠くなっていくふるさと、貪欲《どんよく》、淫乱《いんらん》、そして性病……死期を悟った者らの悲しみが、怨みと化して怜を焼いた。赤いロウソク……赤いロウソク……女たちはなけなしの金でそれを求めて隠し持つ。いつか仕返ししてやると、心の支えにするために。悲しい、苦しい、やりきれない。どうして吾ばかりがこんな目に遭うのかと、怜の中で女たちが叫んだとき、ボッ！　と音を立てて足下が燃えた。それは幻の火ではなく、生身の肉体を燃やす本物の火だった。炎は最初に草を焼き、石祠が火柱を上げて燃え上がった。炎は天を突くようで、怜は意識の裏側から、焼けようとする自分の肉体を眺めていた。そのとき、

「ヤスダーっ！」

と、叫ぶ声がして、怜は誰かにタックルされて草むらに引き倒された。ゴロゴロと地面を転がされ、覆《おお》い被《かぶ》さった者に頭部を叩かれ、全身を打たれ、体中を払われて、そしていきなり抱き起こされた。

「安田くんっ、大丈夫？」

それは神鈴の声だった。怜は赤バッジに抱えられ、シャツやズボンからブスブスと白い煙を上げていた。天然パーマの髪も燃え、焼けた臭いがあたりに漂う。服は燻《いぶ》されたように煤《すす》にまみれて、体中に千切れた草が貼りついていた。

「生きてるかっ」

と、訊いたのは赤バッジだ。眉毛《まゆげ》のない顔で怜を覗き込んでくる。

「はい……て言うか、え……極意さん。こんなところで何してるんです」

赤バッジと神鈴は顔を見合わせ、ポカリと赤バッジが怜の頭を叩いた。

モサモサの髪の表面が、粉になって落ちてくる。

愛用のポシェットをパチンと鳴らして、神鈴は大きな溜息を吐いた。

「何してるんですじゃないわよ。安田くん、燃えてなくなるとこだったのよ」

なんとなく叱《しか》られていることはわかったが、怜はまだ、心がこちらに戻り切れていなかった。瘴気が火を噴《ふ》いたところまでは理解できたが、そのとき自分がどうなっていたかは少しもわかっていなかった。全身が燃えたとしても、彼女たちの怨みには遠く及ばない。

俯瞰《ふかん》で自分を見下ろしながら、ぼんやりと、そんなことばかりを考えていた。

「バッカじゃないの? 安田くん、あのね、この際だから言っておくけど、安田くんはお人好《ひとよ》しが過ぎるのよっ」

神鈴は本気で怒っていた。パッチン、パッチンと忙《せわ》しなくポシェットの蓋を鳴らしながら、真っ赤になって、目に涙さえ浮かべている。怜は恐縮して俯きかけたが、神鈴の後ろにさっきの娘が立ち上がるのを見てポカンと口を開けてしまった。娘は赤い肌襦袢を着て、吾はなぜここにいるのという顔で周囲を見回している。

「聞いてる? 安田くん、あのねっ」

気を吐く神鈴を手で制し、怜はひとさし指を唇に当てた。

「シッ……神鈴さん……」

神鈴の背後に視線を送ると、ソロリと振り返った神鈴もまた、驚いたように娘を見上げた。青い月の光が板塀を照らし、その上に木々が揺れている。けれどもさらにその上を、滑るように黄色い舟が近づいてきた。舵《かじ》を取るのは長い髪の船頭で、女のようにも男のようにも見える。娘は怜を見下ろすとニッコリ笑って手を合わせ、吸い込まれるように舟に乗りこんだ。見れば幾人もの女たちが後に続いて、舟は見る間に満席となった。

遊女のほかにも普通の主婦に見える者、女学生も、スーツ姿の者もいる。音もなく舟は行き、二艘《そう》目の舟が近づいてくる。リーン……と、鈴の音がした。

感無量で黄色い舟を見送っていると、またも赤バッジにポカリとやられた。

「イテ、なんで……」

頭をさすって文句を言うと、凄まじい形相で睨まれた。

「痛いのは生きてる証拠だ。ありがたく思え」

神鈴も怜を振り向いて、

「まったくよ。私たちが間に合ったからいいようなものの」

頬を膨らませて涙を拭いた。本当に、心配させてしまったんだと思った。

赤バッジから離れると、石の祠が焼けていた。天を突くほどの炎はすでにどこにもなくて、赤いロウソクの燃えさしもなく、祠の周りで草が焦げているだけだった。祠自体は煤けただけだが、納めてあったあれこれは灰になってしまったようだ。

「ていうか、すみません……どうして二人がここにいるんですか」

「駆けつけてやったんだろうが。このヤスダ、バカ、ドジ、間抜け」

ヤスダとバカドジ間抜けを同列にされたのは、少し堪えた。

「小埜さんがミカヅチに電話をくれたのよ。安田くんが焼け死ぬから行ってくれって、電話で土門さんに知らせてきたの」

「え？　それっていつのことですか？」

「昼ごろだ、バーカ」

「それで私と極意さんが慌てて新幹線でこっちへ来たの。小埜さんも、せっかく電話くれるなら安田くんのいる場所まで教えてくれたらいいのに」

「じゃ、どうやってここがわかったんですか」

「虫よ。虫を使ったの」

神鈴はポシェットをパチンと鳴らした。

「安田くんは一心不乱になっているから、『無闇』の虫を追ったのよ」

「そういえば、極意さんから電話をもらいましたよね？　大馬鹿野郎って」

「そのとき居場所を聞けばいいのに、極意さんったら怒ってすぐに切っちゃったのよ」

「ドピンクバーの紫色したババアから、大まかの場所を聞いたからいいんだよ」

「まあね……安田くんが色々と動いていたからこんな時間になっちゃったけど……とにかく間に合ってよかったわ」

「危機一髪だったわクソヤスダ」

赤バッジは鼻息荒く吠えている。

「小埜さんに宿題を出されたんです。長野と上田と松本と……」

「班に電話してきた件ね？　共通するのは何かという」

「そうです。資料館で調べたら、やっぱり遊郭が共通で、それらの場所で不審火が続いて男性ばかりが死亡するというので」

赤バッジは焼けた祠に目をやった。

「その元凶がここだってか」

「……そう単純な話でも……」

「で？　なんでテメエが火を噴いてんだよ」

「火というか……あれはエネルギー、長い年月をかけて祠に溜まった怨嗟です。だから、それを解放しようと」

「はっ」

と、赤バッジは鼻で笑った。

「解放だぁ？　テメエ、勘違いもほどほどにしろよ？　そんな場所はな、それこそ日本中にいくらでもあるんだよ。いちいち回って火を噴いて、灰になってもまだ解放できるとか思ってるわけじゃねえだろうな」

「思ってません。でも、どうしても……」

「安田くん、どうやってあの人たちを解放したの？　術も技も使うことなく」

「身体を貸したんです」

「は？」

　と、赤バッジは眉根を寄せた。ますます怖い顔になっている。

「か・ら・だ・を、貸したぁ？」

「そうです。死んだ人は肉体がないから、泣いたり叫んだり悲しんだりできないじゃないですか。だから、それをするのにぼくの身体を使ってほしいと」

　神鈴は震え上がって言った。

「なんて危険な真似をしたのよ。焼け死ぬどころか安田くん自身が祟り神になっていたかもしれないのよ、それほど危険なことなのよ？　異能を持つ者が祟り神になったら……まがりなりにも祓い師をやっていたわけだから、基本的な知識は持ってるでしょう」

「はい。でも……」

　赤バッジが背負う荷を、少しでも負いたかったのだということは黙っていた。怜は立ち上がって服についた煤や草を両手で払った。神鈴も赤バッジも立ち上がり、そして三人は複数の人の気配を感じて動きを止めた。

　狭い小路にたくさんの人が立っている。色がなく、静謐《せいひつ》で、無表情。ボロボロの着物でこちらを向いて並んでいた人々はやがて怜ら三人に腰を折り、深々と頭を下げた。

「あ。どうも」

怜も微笑んで頭を下げる。人々が頭を上げたとき、その姿は霧のように消え去った。

「ありゃ誰だ？」

と、赤バッジが訊く。

「死んだ遊女の縁故者です。日付が変わると迎え盆なので……あの人たちは、彼岸でずっと娘さんを探していたんです」

「その娘さんたちは黄色い舟で行っちゃったじゃない」

「はい。幽世の同じ階層に行きました。だから、きっと会えるでしょう。今までは隣同士に立っていても互いの姿が見えなかったんです。家族は成仏しているし、娘は奈落にいたわけだから」

赤バッジは怜を睨み付け、肩をすくめて首を鳴らすと、交互に腕を回しながら、

「クソ、腹減ったじゃねえか」

と、ぼやき始めた。

「ヤスダのおかげで昼飯も晩飯も食い損ねた。まだラーメン屋が開いていたよな？」

「私も、千さんのお弁当を分けてもらっただけだから、お腹がペコペコ」

怜をヘッドロックして赤バッジが言う。

「こんなとこまで出張って命を救ってやったんだから、おまえがおごれ」

「……え……ぼくが一番薄給なのに」

「公務員の給料なんか、大して変わらねえんだよ」

「私、餃子《ぎょうざ》も食べたいな。あとビールとチューハイ」

「当然ながら俺は大ジョッキだ、あとチャーシュー麺とチャーハンと餃子」

「ええぇ」

と、泣き声を上げながら、怜は赤バッジに引きずられていった。

飲み屋街にはラーメン屋がつきもので、酔客のためにシメのラーメンを提供している。盆には休業する店も多いようだが、日付が変わる前の今はまだ営業していた。赤提灯に明かりがあって、脇の暖簾をくぐるとき、怜はなんだかニヤニヤした。さっきは泣き言を言ったけど、赤バッジと神鈴には店中のラーメンをおごったっていい。そして、怪異に向き合うときにはどこまでが傲慢で、どこまでならばそうではないのか、考えていた。

「あ、極意さん、チャーシュー麺あるわよ。私もそれにしようかな。安田くん、煮卵トッピングしてもいい？」

「なんでも頼め、こいつのおごりだ」

「どうして極意さんが決めるんですか」

「おじちゃーん、こっち生ビール、中ジョッキ二つと大ジョッキひとつ、あと餃子を三人前と、おつまみにザーサイと……」

「神鈴さん、容赦なく注文しますね」

答えはまだ出せそうにない。けれど小埜なら教えてくれるだろうか。少なくとも、不審火が人を殺す理由は突き止めたんだから。

「ビール来たわよ、安田くん」

ジョッキをカチンと合わせたとき、

「ありがとうございます」

と、怜は二人に頭を下げた。来てくれてどんなに嬉しかったか。

「礼を言うのはまだ早い。二軒目も行くぞ、二軒目も」

日付が変わって信州の迎え盆。

地獄の釜の蓋とやらが静かに開く音がしていた。

エピローグ

翌十三日の早朝。漫画喫茶でシャワーを借りて、仮眠して、怜は神鈴と赤バッジと共に、再び小埜の墓を訪れていた。この日は朝から駐車場に檀家《だんか》さんたちがいて交通整理を始めていた。お堂では墓掃除に使う箒《ほうき》やちりとり、水桶《みずおけ》やひしゃくが貸し出され、水くみ場の近くに日除《ひよ》けテントが張られてアイスクリームのケースが置かれ、墓参りに来た子供たちにアイスが振る舞われるようだった。今日はお堂の扉も開け放たれて、お布施を受け取る盆を持った住職の奥さんがニコニコと檀家の人々を迎えていた。

墓地は線香の匂いがしている。早朝にもかかわらず、墓地の随所で白く煙がたなびいて、お供えの花が目に鮮やかで、家族連れがたくさん行き交っていた。暑くならないうちに墓参りを済ませるのが、この地方の習わしのようだった。

三人で小埜家の墓へ参ってみると、すでに線香の燃えさしと盆花が供えてあった。

「うわあ、もうお参りに来てる。長野の人は早起きねえ」

帽子代わりにハンカチを被って神鈴が言った。合掌して小埜を呼んでみたけれど、彼は姿を現さない。謎を解いたからにはその先のことを教えてもらうつもりだったのに、盆の間は家に帰ると、確かに小埜は言っていた。

「小埜さんは、家族が迎えに来て帰っちゃったみたいです。来るのがちょっと遅かった」

残念そうに怜が言うと、

「仕方ないわよ」

と、神鈴は笑った。

「お盆ですもの。団らんを邪魔しちゃ悪いわ」

「ですよね」

それでもなあ、と考えていると、

「そんな最中に電話をくれたわけだから、後でお礼を言っておいてね」

神鈴は清々した顔で言い、

「ところで安田くん。ここから善光寺って近いのよね」

などと訊く。

「せっかくだから善光寺を見て帰らない？　それとも昨日観光しちゃった？」

「いえ、まだです。それどころじゃなくて」

小埜家の墓に背を向けて、神鈴はさっさと歩き出す。彼女の後ろを歩いていた赤バッジが、不意に振り返ってきた。驚いて足を止めると、神鈴もその場に立ち止まる。

「あーっ」

と、赤バッジはベリーショートの髪を掻《か》き上《あ》げ、

「おまえはあまりいい気になるなよ？」

唐突に怜を睨んだ。眉のない強面なのでいつも怒った顔に見えるが、あまりに冷ややかな表情だ。たぶんいきなり、しかも本当に怒っているのだ。

「なんですか」

訊ねると、彼は足下の草を靴底でねじった。

「ていうか、おまえ、連絡員の幽霊がいないとガッカリしてんじゃねえかよ？　つまり、

ただ礼を言いに来たのと違うんだろ？　なんなんだ？　幽霊から何か聞かせてもらうつもりだったのか？　正直に答えろよ」

「不審火の謎を解いたから、それを報告したかったのと……」

時間が経つにつれ、ジリジリと日差しが強くなる。上着のポケットに両手を突っ込むと、赤バッジは怜ににじり寄ってきた。暑いのに、汗の一滴もかいてはいない。

「不審火の謎を解いたら、なんだって？」

「具体的にはわかりません。でも、理を曲げることなく結果を変えてみせると言うのであれば、それが可能か見せてくれって」

「ほーらな、やっぱり。小埜の爺さんのところへ行ったと聞いて、イヤーな予感がしていたんだよ」

赤バッジはパッと身体を起こし、より高い位置から怜を見下ろした。

「何様のつもりか知らないが、俺自身が納得している悪魔との契約を、おまえにどうこうされたくはない」

怒鳴るのではなく、罵るのでもなく、あまりに静かな声で言う。

感情のこもらないテノールは、心どころか肝を凍《こお》らせる凄みがあった。彼のために危険な真似をしたからではなく、彼のプライバシーに立ち入ったからでもなく、赤バッジは言葉どおりの理由で怒っている。これは俺自身の問題だ、外野がくちばしを突っ込むなと。

虫を捕獲するポシェットの蓋を鳴らしもせずに、神鈴は二人を見守っている。表情が引きつっているのは赤バッジが醸《かも》す殺気のせいだ。真夏の日差しが墓場に照って、唐突に蟬が鳴き出した。線香の香りは心地がよいが、怜は今しも赤バッジの身体から悪魔の臭いが立ち上ってくるような気がして恐れた。後先考えずに新幹線に乗ったときから何度も問いかけ、答えを探した。だけど、答えなんか見つからなくても、今はわかったことがある。

「ぼくも極意さんにどうこう言われたくないです」

両足を踏ん張って身体の正面を赤バッジに向け、怜はハッキリ宣言する。

「これはぼく自身の問題です。極意さんを渡したくないのはぼくだから、極意さんにどうこう言われる筋合いはありません」

無意識に、神鈴がポシェットをパチンと鳴らす。赤バッジは不意打ちを食らったような顔をして、赤い瞳を怜に向けたが、全身から燃え立つ瘴気を押し殺し、眉間から突き出しそうな角を収めた。少しだけ硫黄の臭いがした。

「理や則を強引に曲げるのは間違っていると、ぼくもそう思います。人間ごときが怪異に太刀打ちできないことも、そのとおりなのかもしれない。でも、どうしても、やらずに諦めるのはイヤなんです。極意さんのためじゃない。ぼく自身が納得できないからです」

ふん、とも、うん、とも赤バッジは言わない。硫黄の臭いはまだ消えず、黒く墓場に落ちている影が、異形の姿を成していく。

「昨夜は祠を調伏したんじゃありません。祓うのではなく、消すのでもなく、供養したわけでもなくて、遊女の悲しみや苦しみを、あるべき場所へ戻したんです。そうしてぼくは、ほんの少しだけ理解した。瘴気はエネルギー……怪異の元は、ただの、普通の人間なんです。おそらく怪異は人の思いが生み出すモノで、人が関わらなければ発動できないのかもしれない。悪魔が人に干渉するのも、人なしに存在できないからかも」

「だから……なんだ？」

と、顎《あご》をしゃくり上げて赤バッジは訊いた。

怜は自分のどこかにあるはずの明快な答えを探したが、残念ながら見つからなかった。

「なんであるとは、まだ言えません。だけど答えはどこかにあるはず」

「それが見つかるのはいつだ？」

「極意さん」

と、なだめるように神鈴が言った。

「いつなんだ？　妹が脳だけで生きる状態になってからか？　俺が悪魔に乗っ取られ、平気で人を殺《あや》めてからか？」

そして赤バッジは「ふんっ」と笑った。

「奴らがペラペラの医者に化け、俺を向こうへ連れていったとき、相手が悪魔とわかっていたら、俺は契約しなかったと思うのか？」

「それは」

赤バッジはおぞましい顔でニタリと笑った。一瞬だったが、耳まで裂けた口の上下に、鋭い牙《きば》が何重にも並んでいるのが見えた。

「わかっていても契約したさ。真理明《まりあ》を助けるためならな。俺は魂を売ったんだ。おまえがなにかしようとしても、理が向こうにある以上どうにもできない」

「そうじゃない。極意さんは騙されたんです」

彼の腕がシュッと伸び、怜の首をガチッと摑んだ。そのまま宙に持ち上げられて、怜は息が詰まりそうになった。光る目をして赤バッジは言う。

「警告したぞ……これ以上、俺に関わるな」

そしてドスンと下ろされた。

赤バッジがくるりと踵を返し、大股《おおまた》で墓石の間を去っていくのを、尻餅をついたままで怜は見送った。神鈴が駆け寄ってきて、しゃがみ込み、

「あーあ、残念……観光は無理みたいねえ」

呟いて怜を引っ張り起こした。

蟬の声が激しくなって、花を抱えた人たちが次々に墓地を訪れる。

赤バッジが去った先にはお堂の屋根が聳《そび》えて光り、奥には真っ白な入道雲が、もくんも

くんと湧き上がっていた。

エピソード2　東急線武蔵新田駅《むさしにったえき》　迷い塚

――道に迷うことこそが　本当の道をあなたに教える

東アフリカ：スワヒリ語圏――

プロローグ

夏期休暇は三日もあったのに、バタバタしているうちにあっけなく終わってしまった。その間の成果といえば、祠に囚われていた遊女の霊を何人か彼岸へ送ったことと、そのことで極意さんを酷く怒らせてしまったことだけだ。

ミカヅチ班では土門が夏期休暇に入り、警視正と怜と広目と神鈴が班長の留守を守っている。扉の様子は相変わらずで、落書きのような赤い文様がくっきり浮かび、それが少しずつ変化していた。このところ、怜はその文様を毎日ノートに書き付けている。写真に撮れれば正確で楽なのだけど、異能者だけに見えるかたちはデジタルカメラにもポラロイドカメラにも写らないのだ。

八月十八日木曜日の朝。怜がオフィスの掃除をしているときにドアが開いて、三婆ズの小宮山さんが入ってきた。彼女は手にぶら下げてきたレジ袋を会議用テーブルに載せると、警視正のデスクを拭いている怜に言った。

「怜くん。これ、オロノキメロンの浅漬け。冷蔵庫に入れて、お昼に食べて」

「オロノキメロンってなんですか?」

そういう種類のメロンがあるのかと思って訊くと、小宮山さんは「にひひ」と笑い、

「やーだーなぁ、おろのきって知らねぇの? 玉を大きくするためにさ、おろのいて捨てる余計な分だよ。勿体ねぇから浅漬けにしてさ……皮まで食べれて美味しいよ」

「剪定《せんてい》で廃棄される果実だな? おお、いい匂いじゃないか——」

警視正はデスクを離れてやって来て、屈んでレジ袋の匂いを嗅いだ。

「——そういえば小宮山さん、体調はどうかね?」

「よかねえよぅ」

小宮山さんはハエを払うような仕草をした。休暇中だった怜は彼女の入院を知らない。

「ゼンマイの塩漬けの水出しをさ、亭主に頼んでいったんだ。そしたら水を替えすぎて、味《あじ》も素《そ》っ気《け》もなくなっちゃってさ、ありゃあもう佃煮《つくだに》にするしかねえんだけども、佃煮はまだたくさん残ってるんだよ。それに味が抜け過ぎちゃうと、なに作っても旨かぁねえし。醤油に漬けるか辛子に漬けても……ダメだろうなあ……もうなあ」

「そういうものですか?」

怜もやって来てレジ袋を覗いた。ジッパー付きポリ袋の中にはテニスボールくらいのメロンが三つも浮いている。浅緑色が美しく、いかにも美味しそうに見える。きっと土門班長も食べたいだろうなと思う。

「水から出して薄く切ってな、お茶うけにするとうまいから。浅漬けだから長くもたないよ？　今日明日中に食べちゃって」

「わかりました。楽しみです。ところで小宮山さん」

と、怜は訊いた。

「どこか悪かったんですか？」

「どこって、おれは末期ガンだもの」

小宮山さんはすまして答えた。

「腫瘍《しゅよう》マーカーが上がると、先生が抗ガン剤やりましょうって言うんだよ。先月ちょっと上がったからな、入院してガンの野郎を叩き潰《つぶ》してきたんだよ」

怜は頭をカナヅチで殴られたくらいショックを受けた。衝撃で、心配で、何を言ってあげればいいのかわからない。立ったままで固まっていると、

「なーに、やだなぁ怜くんは、悲愴《ひそう》な顔して」

小宮山さんはニヤニヤ笑った。

「おれらはさ、もともと病院で知り会ったんだから」

「え？」

「だからおれと千さんとリウさんは、同じ病室仲間ってこと。三人とも……あれ？　怜くんには話してなかったかな」

「知りませんでした」

「三婆ズは、だから私が見えるのだ」

メロンの香りを貪《むさぼ》りながら、警視正が朗《ほが》らかに言う。

「でも……その……大丈夫なんですか……リウさんも、千さんも」

何を指して大丈夫と言うのかは、自分でもわかっていなかった。

「なにが？　死《し》に損《ぞこ》ないがいつ死ぬってか？　バカ言っちゃいけねえ。おれの寿命を神様に決められてたまるかい。おれたちよりは土門さんのほうが先じゃあねえの？」

けっけっけ、と笑いながら小宮山さんは出ていった。

入れ替わりに神鈴が出勤してきて、

「メロンの浅漬けですって？」

おはようも言わずにそう訊いた。レジ袋から浅漬けを出して神鈴に見せると、

「わああーっ、おいしそうーっ」

と歓喜してから、怪訝《けげん》そうな顔で怜を見つめた。

「どうしたの？　安田くん」

「安田くんは小宮山さんがガンだと聞いてショックを受けたようなんだ」

警視正が説明すると、神鈴も若干表情を暗くした。

「そうなんだ……私も知らなかったからビックリしたわ。ちょうど安田くんがお休みして

いるときに、リウさんと千さんがここへお弁当を食べに来て」

そのときのことなら知っている。ミカヅチ班へ電話したらリウさんの声がしたので、出動かと思って訊ねると、神鈴がなんでもないと答えたのだ。

「でも、まあ、あれよね。年を取れば誰でも一つや二つは悪いところが出るのかもしれないし、本人たちが気にしてないのに外野が心配しすぎるのもあれだから」

そう言いながら、神鈴は漬物を冷蔵庫へと運んでいった。

「なんでもそうだが、悪いことばかりでもない」

自分のデスクに戻って座り、胸を張って警視正が言う。

「私は死んでミカヅチ班の真の一員となり、三婆ズは病《やまい》を経て仲間を見つけた。生い立ちも生活環境も主義も主張も関係ない、気が合って価値観を共有できる者と出会って、今は楽しく稼いでいるわけだ。先日もリウさんが言っていたがね、今が青春で楽しいと」

そして「お茶はまだかね?」と、怜に訊いた。

「はい。すぐに準備します」

雑巾《ぞうきん》を片付けて給湯室へ行くと、神鈴がもう漬物を切っていた。

「広目さんが来たら朝茶に少しいただきましょう。どんな味か気になるものね」

いそいそと小皿に取り分けて、楊枝《ようじ》がないわと探している。

輪切りにされたメロンの浅漬けは、幼児がクレヨンで描く花火のような断面だった。土門班長は今頃何をしているだろうか。極意さんは、ぼくのことをまだ怒っているかな。

考えながら手を洗い、怜はヤカンにお湯を沸かした。

其の一　境の辻

その夜は怜が当番勤務であった。

ミカヅチ班は基本的に日勤だが、封印の扉を護るため、ルーティーンで夜勤があるのだ。警視正は自分の頭蓋骨《ずがいこつ》に取り憑く地縛霊なので、頭蓋骨を持ち出さない限りオフィスを出られない。よって夜勤では常に警視正と一緒になる。

当番勤務の日は午後出勤でいいのだが、家具も家電もないアパートで時間を潰すのも寂しくて、怜は大抵、日勤の時間に出勤してくる。

広目と神鈴が退庁して、警視正と二人だけになると、怜は給湯室で湯を沸かし、夕食のお茶の準備にとりかかった。幽霊の警視正は食べ物を必要としないが、お茶や漬物や果物など植物由来の芳香を糧《かて》とする。そのため、お茶の淹れ方は土門から最初に厳しく指導をされる。

小宮山さんのメロン漬けを少量切って、お茶と一緒に警視正のデスクに置くと、怜も夕食に買い込んできたコンビニのおにぎりと、ゆで卵を出した。おにぎりは梅や昆布のほかに鮭《さけ》やツナマヨが好物だが、警視正が生臭ものを嫌うので、鮭の匂いが行かないように自分のデスクで食べることにした。

「いただきます」

と合掌し、おにぎりのパッケージを開いていると、

「今日の海苔《のり》はいい匂いだな」

と、警視正が言った。

「キャンペーンで、いつもより高級な海苔を使っているみたいです」

「海苔と呼べない代物も出回っているからなあ。本物の海苔を知らずして海苔を語るのもけしからん……ところで、日本の海苔業者はいい仕事をすると思わんかね？」

警視正は腕組みをしてお茶とメロンと海苔の香りを嗅いでいる。

広いオフィスに警視正と二人、まったりと流れていく時間を共有するのが怜は好きだ。採用されたばかりのころは、幽霊とはいえ上官と二人になることに緊張したが、今ではまったくそんなことがない。むしろ、顔も名前も知らない父親が警視正のような人であったらと考えるほどだ。小宮山さんの漬物をアテにおにぎりを食べ終えると、デスクを片付けてから給湯室で茶碗を洗った。

洗い物を拭いているとき、内線電話がジリジリ鳴った。慌てて受話器を上げると、

「もしもし……長野県警の小埜ですが」

と、声がした。小埜はすでに故人なので、正確には『もと長野県警に勤務していたミカヅチ班連絡係の小埜ですが』と言うのが正しい。

「小埜さん？　ぼくです、安田です」

視線を向けると、警視正は少しだけ耳を傾ける仕草をした。

「おお、安田くんか……ちょうどよかった」

つい先日、長野まで行って本人の幽霊に会ってきたばかりだったので、昭和のイケメン俳優のような小埜の容姿が頭に浮かんだ。

「きみは怨みの祠の遊女の霊を解放したそうだな？　向こうで遊女の縁故者に聞いたよ」

「娘さんを探していた人たちですか？」

「そうだ。冥界《めいかい》は構造が複雑だからな。私も霊の警察官として彼らの相談に乗ってはいたが、如何《いかん》せん死者にはできないこともあってなあ」

怜は思わず眉根を寄せた。

「もしかして……それでぼくに謎かけを？　彼女たちをお盆に帰してあげるために」

「それもあるが、それだけではない」

と、小埜は言う。

「きみは悪魔と契約した友人を救いたいと言う。悪魔はやり方が不正であるから、契約自体も不正であると。確かに人の法律で言えばそうだろう。だがね」

——女郎とかたぎは何もかも違う。シャバの常識は女郎屋の非常識——

女たちの妄念に取り憑かれたとき、聞こえた言葉が脳裏をよぎった。

かぶせるように小埜は言う。

「死者にできないことがあるのと同様、生身の人間にできないこともあるからね」

怜は訊ねた。

「よくわからないけど、結局、ぼくは小埜さんのテストに落ちたんですか?」

「結局……結局」

と、小埜は笑った。

「生きた人間は立体的な世界にいるから結論ばかりを知りたがる。冥界は多層的、あちらでは死者の多くが一面だけしか見られない」

どういうことだろうと怜は思った。あちらの世界が多層になっているというのは理解ができる。でも、一面だけとは、たとえば悪霊が直進しかできなかったり、招かれなければ結界を超えられないようなことを言うのだろうか。

聞き耳を立てている警視正の顔を見てしまう。首が取れたり、手応《てごた》えや質量を感じなかったりする以外、警視正は立体的な構造に思われる。それとも、ぼくにそう見えるだけで、実際は違うのだろうか。

「ピカソの絵、と言えばわかるかな? 横顔だけ、正面だけ、後ろ姿だけ……死者はそうしてヒトを見る。怨みを残せば怨みだけ、執着すればしっぱなし、死んでいるから仕方がないが、変化も進化もないのだよ。で、きみのテストの結果だがね」

怜は思わず件《くだん》の扉に目を移す。

「もうひとつ、きみにヒントをやろうと決めたよ」

そう言うからには結果は悪くなかったみたいだ。

「兵法を教えたね？　先ずは敵、つまりはシステムを知ることだ。生身の人間にはできぬことだが、きみは祟り参りをして生身の肉体に遊女の霊を宿したな？」

「はい……っていうか、身体を貸しただけですが」

「そのことを言っている。死人の、しかも怨霊もどきに肉体を貸し出すなんて、普通はやらんよ。危険だからな」

小埜はクックと笑ってから、

「その刹那《せつな》、きみは肉体を乗っ取られて半分怨霊になっていたわけだ。だから今、きみの身体には怨霊のニオイが染みついている」

シャツの襟を引っ張って、怜は自分のニオイを嗅いだ。『あちらのニオイ』がどんなものか知らないが、死体のニオイも土のニオイも線香のニオイもしなかった。小埜は言う。

「怨霊のニオイになっているなら、生きた人間であるのを隠して、あちらを見に行ける」

「え、ちょっと待ってください。そういえば小埜さんは、ここに電話をくれたんですってね。土門班長に電話をくれて、ぼくが燃え死にそうだと伝えてくれたと」

「そのとおりだったろう?」

「そのとおりでしたけど……」

知っていたならどうしてあのとき、ぼくに忠告してくれなかったんですか、と聞きかけて、怜は、小埜に礼をするよう神鈴に言われたことを思い出した。

「……その節はありがとうございました」

「いやなに」

「ていうか、そうじゃなく……どうしてぼくが燃え死にそうだとわかったんですか?」

わかっていたなら教えてくれればいいじゃないか。

「安田くんは諦めそうになかったからなあ。諦めず祠に手を出せば、あとは燃えて死ぬだけだ。それこそ火を見るよりも明らかなことだ。けれどもきみは助かって、次のヒントを得ようとしている」

「それですけど、どうして初めから祠のことを教えてくれなかったんですか」

「それではテストにならんだろう」

と、小埜は笑った。

「私は条件を揃えただけだ。ヒントを与え、きみが焼け死ぬと仲間に知らせた。そして起こった結果がすべてだ。きみは遊女を見殺しにせず、仲間たちもきみを見殺しにしなかった。それが結果だ」

わかったような、わからないような……怜はミカヅチ班の採用試験を思い出していた。

あのときも、通用口から面接に来るよう言われただけだった。来てみれば通用口は見つからず、三婆ズが助けてくれた。後で知ったが、怜が通用口を見つけられること、三婆ズが助けること、そして警視正の姿を認識できることの三つが合格の条件だった。

同じことを、また試されている。理由はわからないけれど。

「生きたまま冥界に行って、様子を見て帰ってくるのが、次のテストなんですね」

「ただのヒントだ。きみをどうこうできる力は、私にはない」

警視正を振り向くと、デスクに戻って報告書に判を押している。赤バッジを救うことを容認していないから、怜と小埜の会話には興味がないのだ。非協力的なミカヅチのメンバーとは裏腹に、小埜はなぜ、自分を助けてくれるのだろうと怜は思う。

「生きた人間が向こうへ行って帰ってくるなんてことが可能ですか？　行ったら何が見えるんですか？」

「行くための場所は教えてやるが、何が見えるかは、自分で行って見てきなさい」

と、小埜は言う。

「きみが自分で感じなければ意味のないことだからね。行き方は……きみも知っていると思うがね、あちらとこちらを行き来した者の話は、文献にけっこう残されているだろう？

まあ、そうした話は私よりも土門くんのほうが詳しかろうが」

「土門班長は夏休みです」

「そうか、まあいい」

と、答えて小埜は、閻魔大王《えんまだいおう》に仕えたといわれる平安時代の公卿《くぎょう》・小野 篁《おののたかむら》の話を出した。小野篁は小野小町《おののこまち》の祖父である。

「篁は此岸《しがん》と彼岸の往還に井戸を用いた。京都東山にある六道珍皇寺《ろくどうちんのうじ》の井戸から入り、京都嵯峨《さが》野《の》の福正《ふくしょう》寺の井戸から戻ったのだよ。そのような場所を『境の辻』と呼んだりするが、すべてが辻にあるわけじゃない。通り道は何ヵ所もあってな」

「今のぼくなら、そこを通れるってことですか？」

小埜はまたクックと笑った。

「通るだけなら誰でも通れる。帰っては来られないがね」

ニヤリと笑う顔が見える気がした。

「……京都ですか」

遠いなあ……いつなら行けるだろうと考えていると、

「何ヵ所もあると言ったろう？　都内ならば新田神社の迷い塚。きみも噂ぐらいは知っているかもしれないが」

「それなら知っています」

と、怜は頷く。

新田神社は南北朝時代の武将・新田義興《にったよしおき》を祀った神社で、大田区にある。義興は勇猛果敢な武将で北朝方に恐れられたが、幕府の計略で自害に追い込まれ、怨みゆえに無念腹を切って臓物を天高く投げたとされる。死後は雷神と化して自分を陥れた者らに祟り、怪火を放って人々を恐れさせたので、荒魂を鎮めるため神社に祀られた。

しかしその後も祟りは止まず、計略の実行者江戸遠江守《とおとうみ》の許《もと》に亡霊となって現れて狂い死にさせ、没後数百年を経た江戸時代になっても、なお敵方の末裔に祟り続けたと言われている。義興の墳墓は『荒塚《あらつか》』もしくは『迷い塚』と呼ばれ、新田神社の本殿裏に残されているが、入れば抜け出すことができないことから、立ち入り禁止の禁足地とされているのだ。まさか冥界への入口として、迷い塚を教えられるとは思わなかった。

「塚から向こうへ行けるんですね。それで、あちらを見てこいと」

「そうだ。死者のニオイが付いているから、亡者はきみに気付くまい。行って自分の眼《まなこ》で確認すれば、己が何をしようと考えているのか、少しは理解できるだろう。ただし、向こうへ行ったら決して動いてはいけないぞ。一歩を歩くことすらならん。幽世は多層世界だ。動けば迷って戻れなくなる。あそこは、だから『迷い塚』と呼ばれているのだ。見るだけだ。くれぐれも、見るだけにしなさい」

もしかして小埜さんは、死者のニオイをまとわせるために謎かけをして、ぼくを遊郭跡へ行かせたのだろうか。

「小埜さんはなぜ、ぼくにそこまでしてくれるんですか？」

勢い込んで訊ねたが、通話はすでに切れていた。

「よいヒントだったかね？」

報告書を見ながら警視正が訊く。

どういうつもりでそれを訊くのか。怜は無言で受話器を置いた。警視正も、赤バッジさえ、怜がしようとしていることには反対だ。だから小埜から知恵を得て突き進むことにも反対だろう。怜は手のひらを拳に握り、警視正を振り向いた。

だからといって嘘を吐いたり、隠したりするのは違うと思う。

「冥界を覗ける場所を聞きました。そこへ行って、向こうを見て、自分がしようとしていることを理解しなさいと……そういうことを言われた気がします」

「なるほど」

おもむろに顔を上げ、警視正は怜を見つめた。

「それで？　どうするつもりかね」

彼の背後で、鉄の扉に浮き出す模様が、落書きを墨絵流しのように変化させている。それは怜自身の迷いのようにも、怜自身を迷わせようとしているようにも思われた。

怜は警視正に身体を向けると、扉に向かってこう言った。

「行って、見てくるつもりです。死人のニオイが消えないうちに。極意さんを渡したくないのはぼくなんだから」

扉の模様は回転を続け、また落書きのかたちになって動きを止めた。

警視正は無言のままで、深く、深く、頷いた。


「新田神社の迷い塚？　あそこは忌み地で禁足地、立ち入り禁止のレッドゾーンよ」

翌朝。出勤してくるなり神鈴はポシェットの蓋をパチパチ鳴らした。ミカヅチ班が忌み地を侵してどうするのという、自身のイライラを採取しているようだった。

「住宅地のド真ん中にある神社だぞ？　防犯カメラの森に突っ込んでいくようなものではないか。いくらバカでも、それがどんなにヤバいか、わかるだろう——」

いつもクールな広目でさえも、タイプライターをセットする手を止めて苦言を呈《てい》した。

「——そもそもきみは、当の赤バッジが望まぬことに自分の命を懸けようとしている」

「でも、今なら行って帰ってこれるんです。小埜さんがぼくと遊女の霊を引き合わせたのも、たぶん、このためだったんじゃないかと」

「計算ずくだと言いたいの？　小埜さんナニモノ？」

「幽霊にそこまでの考えはない」

吐き捨てるように広目が言うと、

「彼は霊能力者で、優秀な警察官だよ」

自分のデスクで警視正が宣《のたま》った。神鈴は広目と視線を交わそうとしたが、盲目の広目は知らん顔でタイプライターをセットしている。

「よろしいんですか、警視正。研究員の安田くんが最恐の忌み地へ侵入しても」

神鈴が訊くと、警視正は威厳のある声で、

「もちろんマズいぞ。大いにマズい」

と、答えた。そして、

「そういうことが起きないように、神鈴くん。当然ながら忌み地周辺にある防犯カメラの位置は、すべて当班で把握しているな？」

警視正はそう訊ね、とても怖い顔をして、

「それらにトラブルや故障がないよう、しっかり管理したまえよ」

と、わざわざ言った。

(なにあれ？)

神鈴が怜に口パクで訊く。

部屋の隅の暗がりで、広目が「ふん」と鼻を鳴らした。

「恐ろしい……バカは伝染するのだな」

そしてもの凄い勢いで、報告書を打ち込み始めた。

昼休み。神鈴は新田神社周辺にある防犯カメラの位置を検索した。監視社会と称されながらも防犯カメラのない場所はあり、映像に撮られたデータも、すべてが保存されて活用されるわけでもない。緊急事態が起きない限り、それらは上書きされて消えていく。

「つまり侵入に気付かれなければ、データは消去されていくってことですね？」

怜が訊くと、神鈴はモニターを睨んだままで、

「そうだけど、侵入者がいればブザーが鳴るわ」

と、すぐさま答えた。

「鳴っても聞くのはミカヅチ班だけだ」

広目が奥の方で呟く。

「うちだけじゃなくて神社も聞くわよ……ていうか広目さんは、安田くんが極意さんに関わることに反対なのよね？　なのにどうして助け船を出すの」

「助け船ではない。事実を言っているだけだ」

（アマノジャク）

またも神鈴は口パクで言い、下唇《したくちびる》を突き出した。

当該神社の迷い塚はフェンスと金網で厳重に囲われている。防犯の備えも申し分なく、

神聖な場所で不遜《ふそん》な行いをする罰当たりなどいるはずもない。怜も同じように考えているが、そこに冥界の入口があるというなら行くだけだ。

たとえばこれが任務なら、神鈴は素早く周囲を停電させて、街灯も防犯カメラも消すだろう。けれどもこれは任務じゃないし、みんなは怜がしようとしていることに反対なのだ。個人にできることと言ったら防犯カメラをなるべく避けて神社に近づき、立ち入り禁止の柵まで行って……さあ、そこから先はどうするべきか。

神社周辺を検索し終えると、神鈴は椅子の背もたれに背中を預けて溜息を吐いた。

「ああっ、もう——……しょうがないわねっ」

そして怜に首をすくめた。

「言っておくけど、私も人間が悪魔に勝てるとは思ってないのよ？　無謀だし、バカだし、とんでもないことだと思う。世の中には越えてはならない線があるの」

その先は、わざとらしく広目のほうを向いて言う。

「だけど私もイヤなのよね、極意さんが地獄の犬に喰い殺されるのは。あと、勝てないから戦わないというのもイヤなの。やらずに諦めるのが何よりもイヤ。人間は、そりゃちっぽけな存在だけど……松平家が使うのだって虫でしょ？　小ささと能力は別だと思う」

広目は自分の椅子に胡座《あぐら》をかいて、腕組みをしたまま目を閉じている。神鈴の声が聞こえているのかいないのか、眉一つ動かさないのでわからない。

「安田くんは、いつ行くつもり？」

「死人のニオイが消えないうちに」

「そうよねえ……だけど、急《せ》いては事をし損じるって言うし、しっかり準備をしておかないと」

「そうですね、でも準備って……」

入って、行って、見てくるだけなのに、どんな準備がいるのだろうか。

「行くのは今週末にしなさいよ。真夜中から未明までが狙い目よ。それ以外はダメ」

「土曜の夜ってことですか」

「そうね、それならたぶん大丈夫」

神鈴は微笑み、パチンとポシェットの蓋を鳴らした。

何かしてくれるつもりだろうか。怜は思わず警視正の顔色を窺ったが、彼は首を真後ろに向けて、件の扉を見つめていた。

「忠告しておくけど、安田くんが不法侵入で捕まるとかしたら、土門さんに、ものすごーく迷惑がかかるんだからね」

「それどころか、きみはクビになる」

目を閉じたままで広目が言った。

「ですよね……はい……そうですね」

ミカヅチ班にいられなくなるのは怜にとって何より辛い。広目の言葉は、ようやく居場所を見つけた怜の胸を錐《きり》のように突き刺した。

同時に思い出してしまうのだ。悪魔との契約が履行されたとき、魂を回収に来た地獄の犬がどんなに残忍な方法で人を喰うのか。ミカヅチ班でただ一人現場を目撃した怜は、あれが赤バッジだと考えることすらおぞましく、全身が粉々になってしまいそうなほど許せない。神鈴は足で椅子を漕《こ》ぎ、怜に近寄って囁いた。

「あのね、私が神社周辺に虫を撒《ま》いてきてあげるから。イライラしたり不安になると、些細なことが気になって、カメラを最新に替えたくなったり、角度を気にするあまり、いじり過ぎて壊したり、そういうことが起きるから」

「……感謝します」

と、怜は小さな声で言う。神鈴はニッコリ微笑みながら、

「あー、これで私も共犯ね」と頷いた。

「すみません」

「いいのよ。実は私も極意さんのことでは、かなりモヤモヤしていたの。善悪とか関係なく侵すことのできない則があるというのなら、私たちはなぜ異能に生まれたの？」

神鈴はその目をチラリと広目に向けた。外見に現れない異能者もいれば、広目のような異能者もいる。どうしてそのように生まれなければならなかったか、それを一番思い悩ん

だのが、眼球も生殖器も持たずに生まれた広目ではないか。

神鈴は視線を怜に戻し、ボサボサになりかけの天然パーマを見上げて言った。

「安田くんってホント変な人。不可侵《ふかしん》といわれる悪魔との契約に別の答えがあるかもなんて、私は疑ったこともないのにね」

「不可侵は不可侵だ。先人の知恵と教えをないがしろにするものではない」

独《ひと》り言《ごと》のように広目は呟き、警視正はこちらを見もしない。

班に妙な空気が流れて、神鈴はパチパチとポシェットを鳴らす。

それが極意さんでなかったら、ぼくもこんなに思い悩んだりしない。怜が唇を噛む間にも、神鈴はパソコンをスリープさせて洗面所へ立って行ってしまった。振り返らない警視正と、瞑想《めいそう》している素振りの広目。二人を見ながら怜は思う。

ぼくはミカヅチ班の和を乱しているんだろうか。

極意さんが妹を助けようとして踏んだ轍《てつ》を、ぼくも踏もうとしているのだろうか。

扉の模様はもう動かない。神鈴は洗面所から戻ってこない。

手持《ても》ち無沙汰《ぶさた》に両手を組んで、怜は自分の心を深く見つめた。

其の二　三婆ズ金言を吐く

翌日早朝のこと、夏休み中の土門が休暇返上で出勤してきた。怜と神鈴の計画を知って戒《いまし》めに来たわけではなくて、都内近郊の億ションで起きた怪異事件の隠蔽のためだった。ミカヅチのメンバーは全員が未明の電話で呼び出され、警察の鑑識より先に現場へ入って隠蔽工作をしてくるようにと警視正から指令を受けたのだ。

夜が明ける少し前、怜は警視庁ではなく最寄りの駅で、土門が運転するお掃除業者の車を待っていた。広目は当番勤務のままオフィスに残り、神鈴もそちらへ出勤して防犯カメラ映像を偽造することになっており、赤バッジは捜査一課で情報操作と、捜査員らの足止めをするという段取りだった。薄闇のなか滑り込んできたバンの助手席に乗り込むと、後部座席にはすでに装備を終えた三婆ズがいた。

「おはようございます」

ドアを閉めると、土門はすぐさま車を発進させた。

「土門班長も。夏休み中なのにお疲れ様です」

慌ててシートベルトをする。

「最近は地霊が動いて物騒《ぶっそう》ですから、緊急の案件は増えていくかもしれませんねえ」

土門はいつもどおりに飄々《ひょうひょう》として、眠そうな素振りもまったくなかった。警視正が臨場する場合は頭蓋骨の入った巾着《きんちゃく》袋をリュックに納めて運んでいくのが怜の役目だが、今日は本庁へ出勤していないので頭蓋骨を持ってこられなかった。土門が運んでいるのだろうかと後ろを見ると、

「なに？　折原さん？」

と、千さんが訊いた。

「はい。警視正は……」

「こんな緊急の場合は留守番だな。早くしないじゃ奥さんが飛び降りて、誰かが通報しちまうからさ」

現場に毛髪を残さないよう頭に被るキャップを準備しながら小宮山さんが言う。

「奥さんが飛び降りる？」

「そうよぅ。今日の現場は大変よう？　入った痕跡《こんせき》を残さないようにして、普通のバラバラ事件に見せかけなくちゃならないんだから」

「普通のバラバラ事件って、どういうことですか？」

怜は土門の横顔に訊ねた。いつもながらお地蔵さんのような顔をしたままで、土門はかなり車を飛ばす。高度道路交通システムやオービスの設置場所が頭に入っているから、交通違反ギリギリの運転テクニックで夜明け前の道路をガンガン進む。

「これから向かう現場は新築の超高級マンションですがね、奥さんがご亭主を四つ裂きにしたのです」

「四つ裂き？……」

怜は素《す》っ頓狂《とんきょう》な声を出す。

「──どうやって」

「さあ、そこが怪異です」

土門はメガネの上から小指を差し込み、瞼についた目ヤニを拭った。

「マンションが建つ場所は牛ヶ窪《くぼ》と呼ばれた窪地《くぼち》でねえ、牛裂きの刑が行われていた土地なのですよ。罪人の両手両足を四頭の牛の角と縄でつないで四方に走らせ、四肢を裂く刑ですね」

「バラバラ事件が多いのよぅ……このところホントに多いのよ」

助手席のヘッドレストに手をかけてリウさんが訴える。

「あれだよね？　前に土門さんも言ってたけどさ、地霊とかいうのが活発になっているからだよね」

「何が活発になってもかまわねえけど、おれは、あんまり忙しいのは勘弁だなあ」

「そうよねえ。わたくしたちは、か弱い乙女ですものねえ」

「乙女じゃねえやい、ババアじゃねえか」

小宮山さんは「がはは」と笑った。

四つに裂けた死体を普通のバラバラ事件に偽装する？　想像して怜は吐きそうになる。

「でも班長。女性にそんなことができるんですか」

「まあ、そうですね。奥さんも、まさか四つ裂きになるとは思わなかったことでしょうがねぇ」

しれしれと土門は頷いた。何をどうすれば奥さんがご主人を四つに裂けるというのだろうか。考えていると土門がチラリと振り向いて、

「だから怪異だと言ったじゃないですか。『呪《しゅ》』なんです。呪いの術を使ったのです。安田くんも、先日長野で見てきたでしょう？　曰《いわ》く因縁の土地には怨嗟が溜まる。それを利用すれば人を呪い殺せるわけで、牛ヶ窪の場合は藁《わら》人形を使います。旦那さんの身代わりにして四つ裂きにすれば、旦那さんが四つに裂けるというわけですね」

「普通は家じゃぁやらねえんだよ。山から滑落するとかさ、電車に飛び込むとか交通事故に遭うとかさ、身体が四つに裂けても不自然じゃねえ感じで術がかかるの」

「そうなのよう。でも最近はほら、地霊がナントカになってるでしょう？　藁人形をちぎったら、その場で結果が出ちゃったのねえ」

怜は顔をゆがめて訊いた。

「でも、どうして事件が……ご主人が死んだとわかったんですか？　奥さんが電話してき

たとかですか？」

「いえいえ……忌み地の監視システムですよ」

と、土門が言った。

「牛ヶ窪には監視カメラがありまして、数日前に奥さんが悪霊から藁人形を受け取ったことはわかっていました。遊女の火と同様に、怨嗟が凝《こご》って人のかたちを成し、同じような怨みを抱えた者を喚ぶわけです。そのご家庭は旦那さんのＤＶが深刻で、奥さんは追い詰められていたのです。思《おも》いの丈《たけ》を藁人形に込めて秘していたのを、ご主人に暴力を振るわれて、思わず引き裂いたのだと思います……で」

プシュ、と土門は首を斬る真似をした。その瞬間に旦那の身体は裂けたのだ。

「あと、さっき奥さんが飛び降りると言ってませんでしたっけ？」

「呪いは双方向に作用しますから、ご主人の最期を目の当たりにして、奥さんは正気ではいられません。部屋は最上階ですからね、飛び降りるのがてっとり早いかと」

「だから急いでいるんだよ」

と、千さんが言う。

「間に合うんですか？　誰か、管理人さんとかに電話して止めてもらえば」

「それはできません」

至極冷静に土門は言った。

「奥さんの自殺を止めるために管理人が部屋に入れば、ご主人の死体を見られます。包丁やノコギリを使った場合と違い、人が空中で四つに裂けたわけですからね、管理人だけでなく、我らよりも先に警察が入ってしまえば大問題になります」

「でも……」

土門は怜を諌《いさ》めるように頷いた。

「どのみち奥さんは助かりません。藁人形を受け取って呪いをかけた時点で、彼女の運命も決まったわけです。もちろん悪霊は伝えたはずですよ？　呪いの成就がどういうものか……悪魔と違って地霊は公正ですからねえ」

「奥さんが飛び降りたゴタゴタに乗じて、お部屋に入って掃除をするのよ。ちぎれた部位をきれいに削って、藁人形も回収してね、奥さんがご主人を殺してバラバラに切り刻もうとしていたように見せかけるのよ」

「部屋中血だら真っ赤になってるから、怜くんはあまり動き回らないようにしてな？　警察の鑑識は血の飛び方とかも見るからさ。迂闊《うかつ》な鑑識さんが来るように極意さんが手を回してるけど、最近は技術の進歩が凄くて、おれらも負けちゃあいられねえんだよ」

そう言って小宮山さんが渡してきたのは、ヘッドキャップと手袋と、靴カバーとビニール袋と伸縮自在のマジックハンドだった。

「それで藁人形を回収してね。絶対に血で汚れた場所を踏んじゃダメだよ？　あと、一本たりとも藁を残さないこと、頼んだよ?」

追いかけるように千さんも言う。

マジックハンドを握らされ、怜はゴクンと生唾《なまつば》を飲んだ。

前方に高級そうなタワーマンションが見えてくる。街は寝静まっているけれど、最上階に明かりの点いた窓があり、風でカーテンが揺れていた。そこに人影が佇んで、ぼんやりと空を見上げているかのようだった。今ならまだ、と怜は思う。まだあの人を助けられるのではないか。けれど人影に目をこらしたとき、それは無責任ではかない希望にすぎないと思い知らされた。マンションの壁面を、どす黒い筋が血管のように伸びていく。地下に染みこんだ怨嗟の触手が奥さんに襲いかかろうとしているのだ。

罪人が牛裂きになったとき、人々は娯楽のように集まって、恐れに狂わんばかりの罪人の最期を見物していた。処刑場に溢れた様々な感情は死人の血と共に地面に吸われ、沈んで溜まって地霊を生んだ。それが人に取り憑いて、今も血を求めているのだ。それとも、求めているのは感情だろうか。相手を呪い殺したらどこへ逃げても憑いていき、術者が報酬を与えるまでは止まらない。そして同等に術者の身体を引き裂くのだ。

土門の車がマンションの裏手へ曲がるとき、女の影が宙に舞い、ベチャン！　と鈍《にぶ》い音がした。

マンションから少し離れた路上に車を止めると、土門はすぐさま神鈴に連絡した。防犯カメラの映像を人が映っていないものと差し替え、怜らの侵入を誤魔化すためだ。

「映像準備オッケーです」

神鈴の声で、土門は怜にコンタクトレンズを装着させた。忌み地に建つ物件については、解錠キーやパスワードをミカヅチ班が把握している。このマンションは生体認証なので、管理人の光彩をコピーしたコンタクトレンズが必要になるというわけだ。

「時間は十五分程度しかありません」

土門は後部座席のリウさんに言った。

「あらぁー、きびしいわあ」

そう言いながらもリウさんは楽しげな顔で車を降りる。頭の先からつま先まで放射能汚染の現場に入る作業員のような出《い》で立《た》ちながら、身のこなしは軽くて素早い。怜が後部座席のドアに手をかけて三婆ズを降ろしていると、「怜くん、これな」と、小宮山さんからズシリと重い荷物を渡された。肩に掛けてマンションへ向かう。

「頼みましたよ」

と、土門の声が微かに聞こえた。そこから先は会話ナシだ。素早く内部に侵入しないと、飛び降り騒ぎで人々が起きてくる。今頃は一階の入居者が異音のわけを確認しているころだろう。管理人が呼ばれ、騒ぎになって、眠っていた人々が目を覚ます。想像して時間を計りつつ通用門から侵入し、エレベーターを使って最上階へと向かう。降り口で周囲を確認し、素早く婆たちを現場へ誘《いざな》う。部屋のキーもまた管理人の光彩で解錠可能だ。

「あらあーっ、すてきなお部屋」

玄関からずかずかと入室しながらリウさんが言った。まごまごしてはいられないので、全員を素早く入れて施錠する。

それは人造大理石張りの床をもつ、豪華できらびやかな部屋だった。亡くなった夫婦の暮らしぶりに目がくらみ、室内を観察したい欲求はあったが、時間は刻一刻と過ぎていく。リウさんを押しのけて小宮山さんがリビングに入り、

「ほれ、早くやらんじゃ逃げ出せねぇよ!」

と叱咤《しった》した。

「怜くん、背負ってきた道具を出して。あと、藁の回収お願いね」

そう言いながら千さんが続く。

「仕方ないわねーっ、急ぎましょうか」

リウさんを先に行かせて荷物を降ろし、何を運ばされたか見てみると、それはハンディタイプの電動ノコギリだった。怜は「うえ」と、静かに言った。

どこもかしこもピカピカで、石張りに見えるリビングには、四肢のない男の死体が転がっていた。ガラスのテーブルは割れて横倒しになっており、高級そうな花瓶は豪華な花ご

と床に倒れて、ソファは斜めになり、割れたグラスとタンブラーが散乱していた。床に複数の血痕《けっこん》があり、それとは別に男から流れ出た分が大きな血だまりを作っていた。そこに浮かぶのは仰向けになった胴体で、手足は離れた場所に奇妙なかたちで転がっていた。

「四つ裂きで助かったわ。内臓が出ていない！」

歓喜の声を上げながら、リウさんは素早く指示を出す。

「千さんは切り口を。小宮山さんは血痕を、ドラヤキ坊ちゃんは藁人形の回収をお願いね。いいこと？　足下をよく見て、血を踏んじゃダメよ？　あとね、そっちの」

と、離れた場所の血痕を指し、

「それは暴行の痕跡で、奥さんの血痕や体液だから、残して警察に見つけさせてね、藁人形はその近くにあるわ」

怜の許から千さんが電動ノコギリを持っていく。小宮山さんはすでに不自然に飛び散った血痕の処理を始めていた。男の死に顔には『驚愕《きょうがく》』が張り付いている。一瞬で死んだと思ったが、この顔を見ると違ったようだ。緊急事態が起きると、事態を把握するために脳は時間をスローモーションで体感させる。それが作用して、男は苦痛を味わったのだ。関節が外れて皮膚が裂け、身体から命が抜け出す瞬間を、なぜ、どうして、と考えながら死んだのだ。血液が流れていない頭部のほうから手を伸ばし、リウさんは瞼と口を閉じさせた。

一方千さんは電動ノコギリを手に持ったまま、じっと耳を傾けている。何をしているのだろうと思ったら、外で騒ぐ声がした。飛び降り自殺が見つかったのだ。さらに人の声が大きくなるのを待ってから、千さんはノコギリのスイッチを入れた。真夜中の音は響くから、タイミングを計っていたらしい。三人の連係プレイは息を呑《の》むほど鮮やかで、怜が藁人形を回収している間に飛び散った血痕は整理され、男は死んだ顔になり、四方に散らばっていた手足は集められて一方向に並べられた。切り口は電動ノコギリのそれとなり、削《そ》がれた肉片は藁人形と共にビニール袋に回収された。

「石のアパートは掃除が楽だな。つなぎ目がちょっと面倒だけども」

すべてが終わると、小宮山さんがそう言った。

「まあ、でも、鑑識さんは驚くと思うよ」

血だまりに電動ノコギリを置き、ハンドルの部分を血液で汚して千さんが言う。ノコギリは、このままここへ残していくのだ。

「どうしてですか」

と、怜が訊くと、

「血液よぅ」

と、リウさんが言った。

「死んでから遺体を解体したら、こんなに出血しないのよ。さすがにそこまでお掃除してしまうと不自然だから、鑑識や検視官は思うでしょうね。旦那は生きたまま手足を切られたんだって……まあ、自業自得だからそれでいいのよ」

リウさんが見下ろす先には奥さんが暴行された痕跡があり、折れた前歯が落ちていた。千さんはすでに荷物を抱えて逃げ出す体勢、小宮山さんはベランダに耳を傾けている。そのまま二分ほどが過ぎ、遠くからパトカーのサイレンが聞こえてくると、

「パトカーが来たらみんなそっちに注目するから、その隙《すき》に外へ出るからな」

電動ノコギリを購入したときのレシートをクローゼットの隙間に押し込んで、小宮山さんが怜に言った。


救急車のサイレンとパトカーの回転灯、次々にマンションの部屋に明かりが点いて、煌々《こうこう》と照らし出された墜落現場にブルーシートが運ばれているころ、十分で掃除を終えた怜と三婆ズは土門が待つバンに乗り込んでいた。

人々はみな飛び降りがあった側の窓や屋外に群がっていて、反対側から外へ出ていく怜らを気にも止めなかった。亡くなった奥さんの遺体は損傷が激しく、何階の何号室の住人なのかを知るのに時間がかかり、訃報《ふほう》を知らせに部屋へ向かった管理人や警察官が惨劇の痕跡を発見するにはさらに時間がかかりそうだった。

易々《やすやす》と現場を離れた車の後部座席では、除菌シートで手や顔を拭き終えた三婆ズが慣れ

た様子で装備を脱いで、大きなゴミ袋に詰め込んでいた。

私服のまま土門に拾ってもらった怜だけが衣服を着替えることもできずに、どこかに付着しているかもしれない血液や体液を暗い車内でチェックしていた。

「怜くんはマジックハンドを使ったんだから大丈夫だよ」

と、千さんが言う。

「ま、服は廃棄したほうがいいかもな。近くに来ないでも血肉の臭いはするからな」

「臭ってますか？」

訊ねると、小宮山さんは無責任に笑った。

「おれらに訊いてもわかんねえよぅ。一緒に現場にいたんだからさ、鼻が馬鹿になっているもんな」

「土門さん、どうですか？」

運転席に二の腕を近づけると、苦笑しながら土門は言った。

「どうでしょう……誰のニオイか、装備のニオイか、こうも蔓延《まんえん》していてはねえ」

「ちげえねえ」

と、三婆ズが笑う。

「ところで、いかがでしたか？　現場の様子は」

あんな情景は一刻も早く忘れたかったが、三婆ズは口々に、

「酷かったよ」

「ま、もげたのが手足で、石の床で石の壁だったから助かった。あれがクロスじゃこうはいかねえ。金持ちは何を考えているんだか、生きてるうちから墓石みたいな家に住んでな」

「四つ裂きじゃなくて二つ裂きならナカミが出ていてコトだったわよね。あ、でも土門さん、お掃除代は負けないわよ？　時間外の仕事だし、こういう現場は危険ですもの」

土門は「はは」と笑って頷いた。

「もちろん、額面どおりの請求をしていただいてかまいませんよ」

白髪にパーマをかけたリウさんは、ピンクのルージュを塗った唇をちょいと突き出し、

「でも、あれよ？　現場に奥さんの血痕や歯があったわよ。女房を叩いたり蹴ったりするのが男らしいと勘違いしている腰抜けは、四つ裂きなんかじゃ生ぬるくって、叩いた分だけ叩かれて、蹴った分だけ蹴られて死ぬのがいいと思うわ」

「そんな男にどうして惚《ほ》れたか……居間に飾った写真を見たけど、奥さん、べっぴんさんだったのにな……アレじゃなくても、ほかにいいのがいたんじゃねえの？」

「暴力夫は優しいっていうよ。殴ったり蹴ったりした後は、コロッと態度を変えて、そりゃもう優しくするんだって。だから女はほだされて、この人を救えるのは自分だけって、私がこの人を変えてあげなきゃ……小公女症候群だよね。不幸でかわいそうな私が好きっ

ていう、そういう病気じゃないのかね」

この人を救えるのは自分だけ。

怜は自分のことを言われた気がした。

「はーっ？　おれはヤだな。叩かれたらすぐに手が出るな。ああだこうだと考える前に、やり返しちまうな」

「小宮山さんはそれでいいわよ。それに、暴力夫はそういう人を選ばないのよ？　わたくしみたいにおしとやかできれいで優しそうな人を選ぶのよ。取っ組み合いの大げんかをしそうな人は眼中にないの」

「ものは言い様だよな？　こん中で一番おっかねえのがリウさんなのに」

「そうだよねえ」

「それにおれと旦那は仲いいんだよ？　向こうがおれに惚れてるからさ」

「……でも……本当は……」

怜は後部座席を振り返り、ヘッドレストを握って訊いた。

「二人があんな末路を迎える前に、なんとかできればよかったですね」

三婆ズはおしゃべりをやめ、土門はルームミラー越しに車内を見た。

「そりゃ怜くん」

と、千さんが言い、

「なんともできなかったと思うわよ?」

と、リウさんが頷いた。

「夫婦げんかは犬も喰わねえって聞いたことねえ? 傍目《はため》に仲が悪くても、男女のことはわからねえよ。殺したいほど憎かったんなら、とっとと別れりゃいい話だろ? でも世の中には殺し合うほど離れられねえ男と女もいるんだよ」

怜は首を傾げて眉根を寄せた。

「……あの結末が本人たちの必然というか、本望だったということですか?」

「本望とは思わねえけど、ものの見方は様々だからな」

理解できないという表情でいると、千さんが言った。

「暴力亭主を殺してさ、バラバラに切り刻んだとして、『正当防衛でした』とはならないのが世の中だろ? 殺しただけじゃなくバラバラにしたらさ、殺人を隠蔽しようとしたってことにならないかい?」

「まあ……なると思います」

「だよね? 奥さんが間違っていて、しかも残酷だという世間一般の見方になるわけだ」

「そうですね」

「でも奥さんにしてみたら、間違ったことはしてないんだよ」

「どういうことですか?」

千さんは言う。

「奥さんにとって大事なのは、自分を苦しめた亭主が死んで生き返らないことだ。殺しただけじゃ不安なんだよ。もしもうっかり助かって、そうしたら、どんな酷い目に遭わされるかしれないだろう？　だからバラバラに切り刻む。隠すためじゃなく、亭主が怖くてやるんだよ」

「そうよねえ……人を殺すのは悪いこと。それはみんなわかっているのよ。でも奥さんにとっては、ご主人が絶対に、二度と生き返らないことが肝心……わかるかしら？」

考えるために、怜は少しだけ唇を噛んだ。小宮山さんが言ったように、写真の奥さんはとてもきれいな人だった。あんな人の前歯を折るほど暴行した夫に同情の余地はなく、奥さんの恐怖は計り知れない。

「少しはわかる気がします。そこまで追い詰められてしまったってことですね……でも、その理屈だと、何をしても正当化できてしまうことになりませんか？」

空はいつの間にか白み始めて、公園の近くを通るときジョギングしている人を見た。夜間は真っ黒だった木々の梢も、少しずつ色を取り戻している。

「だからさ、正しいか正しくないかは、あんまり関係ねえんだよ――」

と、小宮山さんが苦笑する。

「――立場が変われば見方も変わり、見方が変われば常識だって変わるんだから」

「わたくしの兄たちの時代には、敵兵や逆賊を成敗するのが使命だったのよ。妻も子供も両親も置いて、戦地へ行って敵と戦うことが正義だったの。そのことについて誰も疑問を口にしなかったし、それが正しいと思って信じて、万歳《ばんざい》で戦地へ送り出したの。誰のための戦争で、それをしたらどうなるのかを、わたくしの兄たちは考えもしなかった……だけど今は違うでしょ？　情報を集めて精査して、自分で考えられる時代になった。わたくしはねえ、思うのよ。もしもわたくしがあちらへ逝って、『ぼくたちは死んで、なんの役に立てたのか』と訊かれたら、なんて答えたらいいのかしらね。だからわたくしは長生きするのよ。兄たちが喜ぶことは言えそうにないから」

「おれの親も伯父たちも戦没者だけどさ、おれはハッキリ言う気でいるよ？　父ちゃんには悪いけど、ありゃ失敗だったなあって。善悪や常識なんか、世の中が変われば簡単に変わるもんなんだよな」

「でも、それじゃ……」

ずっと後ろを向いているのもしんどくて、怜は助手席に座り直して前を向く。

車はちょうど赤信号で停車したところだった。

「赤バッジのことですか？」

と、土門が訊いた。

「小埜さんの許へ行ったのもそのためでしたね？　解決策は見つかりましたか？」

「いえ。まだです」

「そうですか」

「ぼくはミカヅチを混乱させているんでしょうか。考えすぎるとわからなくなる」

土門は車を発進させた。

「怜くん……なあ？」

と、小宮山さんが伸び上がってくる。

「善悪の基準をさ、自分の外に置くから迷うんじゃねえの？」

あくび混じりにさらりと言われ、怜は体を傾けて、ルームミラーで後部座席を覗き見た。

「え」

「だからさ、正しいかどうかを他人に決めてもらってるから迷うんじゃねえの？」

ルームミラーの小宮山さんに、リウさんの顔が割り込んできた。

「大切なことなのよぅ？　わたくしたちは子供のころに、いい人、悪い人、いいこと、悪いこと、っていうのを教えられて育つでしょ？　子供のころはそれでもいいけど、大人になって世界が広がって、心も育って……そうすると、善悪や白黒だけで生きていくのはどうなんだろうって思うときが来るわよね？　だって、世の中は複雑で、いろんな人がいろんな価値観で生きているわけだから」

「あたしのうちは蕎麦屋をやっているんだけどさ、毎日タレというか、そばつゆを作るんだけど、こっちの体調いかんで味覚が変わることがあるんだよ。そういうとき、誰かに味見させると変な味になる。職人の勘というかさ、長年やってる目や手や鼻や、五感を大事にしないとさ、迷った味になっちゃうんだよ」

と、千さんも割り込んでくる。その脇から小宮山さんが、

「テレビでたまに『ごくうまレシピ』とかやるだろう？　あれを真似して旨いもんができたことは一度もねえな。やって、悩んで、自分で決めんじゃ」

リウさんもさらに身体を倒して映り込む。

「ことが起きると、それが決まりだからって答える人がいるでしょう？　基準を外側に置くのはそういう人よ。わたくしは、それは甘えと思うのね？　だって、決まりというのは物事をよくするためにあるのであって、決まりが先では本末転倒になってしまうから」

怜はミラーに頷いた。

「おれは自分で決めてるよ。そうすりゃ言いわけできねえもんな」

「自分で決めたことならさ、結果がどうでも受け止めるしかないからね。誰かのせいにするから腹が立ったりガッカリするのよ」

「怜くん、何に悩んでるって？」

さらに助手席に伸び上がってきて小宮山さんが訊く。

「悩んでいるというか……まあ……迷走している気はします」

小宮山さんは怜の頭をヨシヨシ撫でた。

「若いからな、いいんじゃねぇの？　ていうかさ、難しく考えないでも簡単なことだ。怜くんの正義はなんだい？　あんたは何をどうしたい？　それを成すにはどうすべき？」

答えを探していると、土門が言った。

「世の理は単純明快なのですよ」

「そうだよ。怜くん、あんたは極意さんをどうしたい？」

「誰かに相談したいときはね、自分の中で、すでに答えが決まってるのよう」

「自分と同じ答えだけ聞きてえんだよ、そういうもんだ」

ビルの向こうに朝焼けが光る。紅や水色に明けていく空を眺めて、怜は自分の心を覗いた。すでに答えが決まっているのよ。確かにそうだ。決まっている。

「だって、ねぇ……土門さん？」

リウさんは座り直すと、今度は土門のヘッドレストに指を這わせた。

「わたくしたち、ドラヤキ坊ちゃんが怒るのを初めて見て、驚いたんですもの、ねーえ？ほら、牛鬼《うしき》議員が亡くなったときよ。あの後から、ドラヤキ坊ちゃんは顔つきが変わってきたのよね」

「そうだそうだ、そうだったよ」

「ちっとは男らしくなったよな」

「ぼくは怒ってなんかいませんよ」

「いいや、怒ってる」

と、小宮山さんは言い切った。

「よくわかんねえけど、なんかには怒ってるよな？　おれにはわかる」

「別にドラヤキ坊ちゃんが、京介ちゃんに怒っていると言ってるわけじゃないのよう」

「そうそう。悪魔の卑怯なやり方に怒ってんだろ？　小宮山さんでなくても、そのくらいのことはわかるよ」

千さんはドレッドヘアをゆさゆさ揺らし、リウさんはミラー越しに怜の瞳を覗き込む。

「怒れない人間はダメなのよ？　怒ってばかりもダメだけど」

ねえ、土門さん？　と、リウさんは訊いたが、土門はお地蔵さんのような顔をして、ニコニコと運転しているだけだった。

　警視庁の地下駐車場で三婆ズを下ろすと、現場で使った装備や肉片など、もろもろを危険物として処分して、怜と土門はミカヅチ班のオフィスに戻った。通常の出勤時間よりも随分早い午前六時過ぎ。出勤すると、神鈴と広目が警視正と一緒に待っていた。パソコンに張り付いていた神鈴が顔を上げ、

「お疲れ様です」

と、土門に言った。

「やあ。ご苦労だったね」

警視正もデスクを立って、一瞬だけ怜に目を留《と》めた。

「おはようございます」

土門が言って、

「おはようございます」

と、怜も続ける。警視正に一礼してから、始業前にシャワーを浴びようと広目のデスクを通りかかると、

「赤バッジを放っておけと忠告したぞ」

押し殺したような声で広目が言った。

なぜ今、急にそんなことを言うのだろう。怜は立ち止まって広目を振り返った。

細長い身体に白い服、整った顔に長い髪、いつもは目を閉じている広目が水晶の眼球を見開いていた。見えない目で何を見るのか、視線は真っ直ぐに怜を捉えている。

「広目さん?」

広目は目を伏せ、そっぽを向いた。

なんだろう。関わるなとか同情するなとか、同様のことは何度も言われてきたけれど、

とても深刻で、重要な気配を感じる。どうしてそれが『今』なんだろう。このタイミングなら、現場はどうだったとか、首尾はどうだったとか、そういう話になるのが普通じゃないかな。そう思ったが、怜は答えた。

「イヤです。何もしないで諦めたくありません」

広目はチッと舌打ちをした。

「きみのために言っている」

「ぼくは、ぼくのためにやりたいんです、極意さんのためじゃない。だから結果に後悔することもない。あの人を悪魔に渡したくないのはぼくなんですから」

今度は瞼を閉じたまま、広目は怜のほうへ首を傾けた。

「あいつに入れ込むのもたいがいにしておけ。俺たちはミカヅチのメンバーだ。親しくなりすぎて相手を殺さねばならなくなったときはどうするつもりだ」

広目はいつもそれを言う。赤バッジと広目は互いを縛り合う者同士だから、反目するならいざ知らず、親しくなっては殺し合うことなどできないと。

オフィスは水を打ったように静まりかえった。

土門も神鈴も警視正もいるのに、誰も二人の会話に入ってこない。

「広目さんは、どうしていつも殺し合う前提なんですか？　そういう状況にならなければいいだけのことじゃないですか。ここの秘密が漏れないように、漏らすことがないように、互いに守秘義務を守っていれば……」

首を傾けた広目の顔を見ているうちに、怜は気付いた。

もしかして、それだけではないのだろうか。

職務内容を聞かれたときは『保全と事務と清掃です』と答えるようにと、スカウトされたとき土門に言われた。メンバー同士の『清掃』が、まさか、業務内容に入っているなんていうことは……広目さんと極意さんは決して憎み合っていないし、むしろ互いを認め合っているんじゃないかと思う。なのに敵対するわけは、互いにそういう運命なのだと思い込んでいるからか。もしくは知っているからなのか。

不安になって振り返った怜が見たのは、こちらを見守る神鈴の顔と、件の扉の前に並んで立って、何事か囁き合っている土門と警視正の姿だった。

「広目さんは最初から、極意さんが悪魔に身体を乗っ取られると思っているってことですか？　だから何もしようとしないで、そのとき楽に戦えるように、極意さんのいいところを見ようともしないってことですか」

「なぜ俺の話になる？　きみのことを言っているのだ。深入りするなと」

「だから、イヤです」

「バカめ」

「ぼくはバカかもしれないけど臆病《おくびょう》じゃない。できることがあるならやりたいんです」

ガタン！　と、大きな音を立て、広目が椅子から立ち上がる。その瞬間、怜は彼の長い黒髪が、わずかに逆立《さかだ》つのを見たように思った。広目は言った。

「いいか。俺は広目天《こうもくてん》だ。目あきのきみには見えないものが見えるのだ」

広目は再び目を開けた。

デスク周りのわずかな光を反射して、その目は金色に光っている。黒目はなく、奥に眼底が透けている。広目天は『不格好な目を持つ者』という意味だそうだが、広目の顔は美しい。美しすぎておぞましい。怜は自分を鼓舞して訊いた。

「何が見えると言うんです？　未来ですか？」

赤バッジが悪魔に変じる未来が見えているのなら、ぼくに忠告したくなるのは尤《もっと》もだ。それを言うのは辛すぎるから、赤バッジを遠ざけているというなら気持ちもわかる。

「そうなんですか」

もう一度問うと、広目は本筋を逸らして答えた。

「たとえば俺に見えるのは……きみのオーラだ。自分では気がついてもいないようだが、きみのオーラは変化している」

「ほんとに？　どんなふうに？」

怜は広げた両手を眺めたが、霊能力者なのに自分のオーラはまったく見えない。前に一度だけ凄まじい光を発したことがあるけれど、あれだって本当にぼくから出たのかわからない。手のひらを返し、伸ばした腕を眺めていると、現場で付着した血液の汚れが見つかって、早くシャワーを浴びなきゃと思った。

どう変化したかと問うたのに、広目は答えず、こう言った。

「光が増せば影も濃くなる。そして光は、遠くからでもよく見える」

そしておもむろに着席すると、怜との会話などなかったかのように、タイプライターを叩き始めた。

其の三　迷い塚から幽世へ

防犯カメラの設置を請け負う業者のスケジュールデータを確認すると、大田区のとある地域でカメラの買い換えが多数検討されているということがわかった。一日に可能な工事の件数は決まっているので、入れ替えまで稼働を停止するカメラがあって、それらの場所を神鈴は怜に教えてくれた。実際に故障しているわけでもないのに、人はイライラが募ると検証をおろそかにして結論に飛びつきたがるものらしい。

八月二十日土曜日の深夜。

日中は曇り空の蒸し暑い日だったが、夜になると遠くから雷の音が近づいてきた。時折紫の光が走って雲の厚みや天の高さを夜空に描く。生ぬるい夜気を切り裂くように湿って冷たい風が吹き、商店街の幟がハタハタ鳴った。歩いている人など一人もいない。そんな中を、怜は独りで新田神社へ向かっていた。

神社周辺は閑静な住宅街で、古くからの住人が穏やかに暮らしている印象がある。特に防犯カメラが必要な地域とも思えないから、神鈴の虫に関係なく、映像は上書きされて消えていくのかもしれない。実際、この地域はカメラの数が少なくて、道を歩く分には映り込みを気にしなくて済んだ。それでも用心に越したことはないと、神鈴は虫を仕込んでくれたのだ。

「一緒に行ってあげようか?」

カメラ位置を示した地図をもらうとき、神鈴はそう訊いたけど、怜は大丈夫ですと断った。万が一にも彼女を巻き込みたくなかったからだ。

住宅街の細い道を進んでいくと、頭上で街灯が明滅していた。

境内は暗く、社務所の外の灯籠にも薄暗い明かりがあるだけだ。

怜はふと足を止め、おもむろに後ろを振り返ってみた。ついてくる足音を聞いたように思ったのだが、通りには人影がなく、民家の塀で猫が背伸びをしているだけだった。神社周囲を無数の虫が飛んでいる。普通の虫ではなくて神鈴の虫だ。

怜はまた歩き出し、神社の玉垣の脇で止まった。空が裂け、雷がどこか近い地面を打った。バリバリバリ! と凄まじい音がして、稲光に街のシルエットが浮かんだ瞬間、ドーン！　と地面が震えて周囲の明かりが一斉に落ちた。

あ、チャンスだ、今だ！

スタートの合図を聞いたかのように、怜は全速力で走り出す。

びゅう、と冷たい風が吹き、バタバタと音を立てて雨粒が降ってきた。真っ暗になった境内に灰色の空がぼんやり浮かぶ。禁足地の塚は本殿の裏にあり、フェンスで厳重に囲われている。そちらへ向かって走っていると、激しい雨が地面を叩いて跳ね返り、上からも下からも怜を濡らした。

本殿前で頭を下げて非礼を詫《わ》びると、社殿を回り込んで塚へと進む。停電は偶然だ。明かりが戻るまでに『向こう』へ行って、『こちら』へ帰る。そして敵の姿を知るんだ。

この神社は南に多摩川が流れている。文献によれば昭和二十四年ごろまでは今の多摩川大橋の近くに矢口渡《やぐちのわたし》と呼ばれる船着き場があったが、新田義興はその近くを通過中に舟の栓を抜かれて伏兵に囲まれる事態になったのだという。迷い塚は義興の遺体が打ち上げられた場所と伝わるが、一方で平将門の首塚同様、以前から古墳であったともいう。

フェンスも有刺鉄線も乗り越えるつもりで塚まで来ると、なぜなのか、管理用出入口の施錠が解かれて扉が開けっぱなしになっていた。風と雨に叩かれて、鉄扉は前後にガチャガチャ揺れている。何かを案じる間もなくて、怜はそこから中へと飛び込んだ。

ザワザワザワーッ、ザワザワザワーッ、と細竹が揺れ、雨はカーテンのように降り落ちる。ときおり、びゅう！　と強い風が吹き、木々は覆い被さるかのように枝葉をねじった。管理用通路の先にある塚は、小高い土饅頭《どまんじゅう》のような形状だった。そこに樹木が生い茂り、一種独特の雰囲気を醸《かも》し出《だ》している。髪を濡らして目に流れ込む雨を拭ってよく見ると、土饅頭に生える木の、幹から二センチほどのところで空間がねじれていた。

幽世、つまりは冥界への入口だ。

呼吸を整え、拳を握り、自分に大きく頷いて、怜はねじれた隙間に飛び込んだ。生身の人間が迷い込めば帰ってこられないという幽世は、麹町《こうじまち》にある吹きだまり物件と同じ臭気を吐き出していた。

――ただし、向こうへ行ったら決して動いてはいけないぞ。一歩を歩くことすらならん。幽世は多層世界だ。動けば迷って戻れなくなる。あそこは、だから『迷い塚』と呼ばれているのだ。見るだけだ。くれぐれも、見るだけにしなさい――

わずか二センチほどの歪みは、怜の全身を楽々と吸い込んだ。

そのとたん、雨の代わりに電磁波が降り、風の代わりに空間が吹き、頭の中で小埜の忠告が、砂嵐《すなあらし》のように耳朶《じだ》を打った。一歩も歩いていないのに竜巻のごとく世界は巡り、しばらくは目を開けることも、顔を覆った腕をどけることもかなわなかった。怜はただ何かに打たれ、自分の身体と魂が天地も左右も奥行きもない空間に放り出されたことを感じた。音は音でなく、光は光でなく、物体も物体ではなかった。生きた肉体はそこに存在することｍ自体に適応できず、呼吸も心拍も異常になった。全身に痛みを感じ、腹の調子がおかしくなって、目眩《めまい》がして倒れそうだったけど、天地がないので倒れているかもわからずに、酷い吐き気《はけ》を懸命に堪えた。一ミリだけ息を吸い、一ミリだけ吐き出して、そうしてようやくわずかな安定を得ると、徐々に呼吸を深くして、腕を下ろして目を開けた。

そのころには、酷い吐き気も治まっていた。

初めに見たのは、有象無象がギュウギュウに詰まった混沌《こんとん》の世界と、所々に開いた空間だった。糸のように細い空間は、その奥に『怜らの世界』を覗かせている。各地に点在する境の辻だ。辻は開いたり閉まったりしながら、複雑に歪んでねじれていた。

これはいったい何なのか。冥界との境には三途の川や賽《さい》の河原《かわら》があって、奪衣婆《だつえば》や懸衣翁《けんえおう》が死者の衣を剝いでいるんじゃなかったのか。蓮池《はすいけ》や地獄はどこにある。

足の下にも世界は続き、そこで普通の人間が何人もさまよい歩いているのが見えた。

おかあさーん、おかあさーん、と呼びながら、小学生くらいの男の子が中年男性とすれ違う。着物を着た幼女が無邪気に手鞠《てまり》を追いかける。古い時代の旅人が森をさまよう姿も見えた。それぞれが近づいて身体同士が接触しても、難なく互いをすり抜けた。多層世界の別の層に存在しているから、互いを認識できていないんだ。彼らは境の辻に入り込み、ずっと迷い続けているんだ。

あっちだ。光のほうへ向かって進め。

外へ出してやりたくて、腕を振り上げて空間の切れ目を示したが、彼らには怜が見えないようだ。神隠しに遭った人が何年もしてから当時の姿で現れるのは、こういうことだったのか。運良く空間の切れ目に入ればいいが、そうでなければずっとこのまま。この世界には時間がないから、本人たちにもさまよい続けた自覚がないんだ。

地の底から轟《とどろ》くような声がした。有象無象は震え上がって、竜巻のようにすべてが歪んだ。激しい風に抗《あらが》うように、両腕で顔を覆いながら、怜も震えて声を聞く。

その声は地響きのようで肝を震わせ、恐怖と不安をかき立てる。これが地獄の犬の声。仮死状態のときにその声を聞き、恐ろしさに思わず生き返り、改心して念仏者になった人がいるくらいだと、土門班長が言っていた。

天空にはヘドロ状の何かが溜まって、ゆるり、ゆるり、と蠢《うごめ》いていた。

形を成せないあれらは何かと見つめていると、頭に強烈なマイナスイメージが浮かんできた。絡まり合って溶け合って、ゲル状になった人の怨嗟のようだった。怨み、やっかみ、嫉妬に怒り、そういうものが溜まり溜まって、アメーバかヘドロのようになっている。ああ、そうか。こういうモノがかたちを成すと、人に取り憑き、悪さをするのか。

時折何かが光って見える。それらは定点カメラで撮影された星さながらに、筋を引きながら混沌世界を行き交っている。

安田くん。

小埜の声がしたように思ったが、姿はない。

動くなよ。

また声がして、怜は気付いた。矢のように光っているのは魂だ。瞬時に千里を駆けるというのは本当なんだ。動きが速すぎて小埜の姿はまったく見えない。けれどその速さでなければ混沌に呑み込まれてしまうのだろう。

雨でずぶ濡れになったズボンが身体に張り付く。不快さに足下を見れば、骨と皮ばかりになった無数の亡者がすがりついて這い上がろうとしていた。白濁した目は何も見えていないようで、鼻をひくつかせて怜のニオイを嗅いでいる。

おかしい……おかしい……と声がする。ここか、あそこか、肉があるはず。

動くなよ。

と、小埜がまた言う。

死者のニオイをまとっていても、怜は生身の人間だ。

下方では、境の辻でさまよっていた男の一人が亡者に見つかって喰われている。せめて子供は助けたかったが、姿が見えなくなっていた。

みんな、細い光を探して行くんだ。そこが出口だ。光を探せ。

子供のいたあたりに向かって叫んだが、声が届いたかもわからない。

細長い光だよ、そこから向こうが見えるから、見たら迷わず入るんだ。

声を限りに叫んだとき、凄まじい腐臭と硫黄の臭いを感じた。

全身の毛穴が開き、総毛立って怜は息さえ止めた。脚を這い上がっていた亡者らが、粉のように弾けてどこかへ消えた。グルル……グルルル……猛獣が喉を鳴らす音がして、あたりがパアッと赤く光った。恐る恐る振り向くと、地獄の犬が怜に背中を向けている。体毛は蟲《むし》のような黒い煙で、犬と狒々と鷲の頭を持ち、サソリの尻尾《しっぽ》がついている。身体は炎のように燃え、四肢に鋭い爪を持つ。地獄の犬は神経質に尾を振りながら、細長い光の先を見つめていた。

（何を見ているんだろう）

まさか極意さんを見張っているのではあるまいと、そう思ったら心臓が跳ねた。

怜は自分の口を両手で覆い、息が漏れないようにしてから思い切り伸び上がって、犬が見ている隙間を覗いた。足が動かぬよう細心の注意を払っても、床がないのでうまくいかない。肉体は迷い塚の地面を踏んでいるはずが、見えているモノに翻弄《ほんろう》されて感覚が摑めない。人がこれほどまで視覚に頼って世界を認識していたなんて、初めて知った。

狭い隙間の向こうは人工的な光の点る空間だった。

意識を集中して見ようとすると、唐突に映像が頭に浮かんだ。

病院だ。境の辻はどこかの病院の天井に続いているんだ。

白い光に包まれて、体中にチューブを付けた人が寝ていた。痩せて骨ばかりになった身体は掛け布団の重さに耐えられないのか、剝き出しでベッドに横たわっている。呼吸器と点滴と排泄《はいせつ》チューブ。意識はあるようで、その人は両目を開けて、こちらをじっと見上げていた。点滴のせいでまだらに痣《あざ》が浮いた腕、鎖骨の下に覗く痛ましい傷跡、抜け落ちてポサポサになった髪……あっ、と怜は心で叫んだ。

真理明さん！

赤バッジの妹、真理明さんに違いない。極意さんは彼女の写真を透明なデスクマットに挟んでいる。花のような美人だけれど、あれは病気になる前の姿だ。

お兄ちゃん……ごめんね……もういいよ……。

彼女の瞳は訴えていた。

生きるための治療なら頑張れるし、頑張ろうと思っていたけど……終わりが見えなくて疲れちゃったよ……もう頑張れない……もういいよ……休ませて。

地獄の犬が彼女を見張っていたわけを怜は知った。

真理明さんは死のうとしている。闘うことに疲れ切り、苦しみと痛みに魂が疲弊して、自ら死を選ぼうとしている。なんてことだ。あいつらの手口はサイテーだ。極意さんは妹を救う道を必死に模索してきたというのに、真理明さんが自ら死を望んだら、極意さんがしたのは彼女を苦しめただけということになる。その死は本人のせいであり、契約は履行され、極意さんはすべてを失って悪魔になるんだ。

初めから彼女を助ける気なんかなかったんだ。彼女をできる限り苦しめて、絶望と後悔を味わわせて、自分で死なせて、しまいには極意さんからすべてを奪い去る。それが奴らの目的だ。肉体だけじゃ飽き足りず、極意さんのすべてが欲しかったんだ。

「ダメだ！　いけない！　真理明さん！」

心が燃えて、考える間もなく怜は動いた。そして隙間に向かって走っていた。

バカな！

小埜の声がして地獄の犬が振り返り、その刹那、怜は極意真理明の病室にいた。

白く人工的な光の中で、横たわる彼女を見下ろしていた。

「だれ？」

と、真理明が唇を動かす。

「ぼくは……」

迷うことなく怜は言った。

「お兄さんの友人です」

そして枯れ木のようになった彼女の手に触れた。

突然目の前に現れた青年を見ても、真理明は驚きもしなかった。夢の続きを見るかのように目を閉じて、草原の香りを嗅ぐような仕草をした。落ちくぼんだ瞼に影ができ、酸素吸入器のカップを通してボロボロにささくれた唇が見えた。苦しげに開けた口中は糜爛《びらん》が酷く、血液がどす黒くなってこびりついていた。

「かわいそうに……寝ているだけでも痛いだろう。苦しくて、辛いよね」

それでも生きてと言えるのか。怜は自分の心に問うた。

こんなになっても生きろというなら、回復の可能性を示してやらなきゃ嘘だと思う。痛くても、苦しくても、治るのならば耐えてもいいが、体中を切り貼《きば》りされたその後に、なおも苦しみが続くというなら地獄でしかない。それなのに、彼女が死ねば地獄の犬がやって来るんだ。死の淵から救い出した妹が自分の意志で死に、契約は履行され、悪魔は極意さんを食い殺し、彼の肉体と絶望と魂を得る。

目を閉じたまま、真理明はすぅっと涙を流した。

痛ましい顔をしていても、透明な涙は美しかった。

ジー、ジー、と機械が唸る。呼吸器が作動して、心拍数のゲージが動いた。

この人の苦しみを肩代わりしたいと怜は思った。そうすれば、彼女がすこしでも楽になったら、生きる希望を持つかもしれない。生きたいと心から望んで、力が湧いて、そうすれば、少しだけ何かが変わるかもしれない。だからぼくに痛みをください。

怜の手から彼女の腕へと、朧《おぼろ》な光が移動する。

「……風の……匂い」

と、真理明は言った。

「子供のころ……お兄ちゃんを追っかけて、虫を採ったの。あの匂い……奥多摩の……天《てん》狗《ぐ》様の森の匂いよ」

小さな声でそう言うと、彼女はスウッと眠りについた。

「ゆっくり眠って……せめて今は」

怜は真理明の骨張った頰に触れ、髪の抜け落ちた額を撫でた。神に祈ろうと顔を上げると、そこは混沌のただ中だった。有象無象や亡者や餓鬼や、黒雲のように湧く蟲、ヘドロや炎や血膿や汚物が一緒くたに混ざり合った異世界だった。

怜の身体は鈍く光を発していて、混沌から無数の手が伸びていた。

境の辻でさまよっていた人々が、最初に怜の光に気付いた。

光だ。出口だ。助けてくれ。

叫びながら手を伸ばし、一心不乱に駆けてくる。けれど空間が歪んでいて、進むほど別なほうへと移動していく。

「違う。こっちじゃない。ぼくじゃなくて隙間を、糸のような隙間を探すんだ」

叫んでも、彼らは動きを止めようとしない。

多層世界で動く人々の姿が重なるさまは、透過画像の合成写真のようだった。

次いで有象無象が怜に気付いた。盥《たらい》のように大きな目、口だけのものや足だけのもの、人の姿を真似ようとして出来損なった異形のものが一斉に襲いかかってきた。よこせ、喰わせろ。光をよこせ……伸びて絡みつく触手のように姿を変えて訴える。髪に、顔に、目に、唇に、心臓に悪意が張り付いてくる。たまらず怜は逃げ出した。動いてはならないと言われたけれど、このままでは八つ裂きになる。異界は渦のように変化して、景色はめまぐるしく行き過ぎた。天地も左右も奥行きもない異世界は、右へ逃げても右へは行けず、左へ走っても左へは進めない。霞《かすみ》か雲か、わらわらと、ふにゃふにゃと、ベタベタと身体にぶち当たってくるものどもは捉えどころがなく、走り続けても終わりが見えない。

外へ出ろ、早く出るんだ、安田くん！

どこかで小埜が叫んでいる。

長く浸れば染まってしまうぞ！

混沌と渦の隙間にあちらの世界が見え隠れする。が、飛び込もうとすると消えている。

欲しいか……？　やろうか……？　悪意のヘドロが怜に囁く。

「いらない！」

叫んでも声は止まない。

染まるぞ、答えるな。安田くん。

聞いてはいけない。答えてはいけない。どんなに走っても進めない。悪意は皮膚を突き破り、怜の身体はぐにゃぐにゃになる。

助からない。たぶん、もう、助からない。怜は命運尽きたことを悟った。

だけど、ただでは死なないぞ。胸にあるのは凄まじい怒りだ。

極意さんを騙して、真理明さんを苦しめて、大切な人を守りたいという人間の純粋な気持ちを踏みにじり、愛を悪意に変えようとする。

おまえたちのことは許さない。絶対に、許さない！

「うあああああーっ、バカヤロウ！」

と、怜は叫んだ。

「うわああ、人間を、なめんなよ！」

闇に雄叫《おたけ》びを上げながら、どうせ助からないならと立ち止まる。闇に足を踏ん張って姿勢を正すと、怜は真理明の病室へ続く隙間を探した。

どうせ死ぬなら、真理明さんにぼくのすべてを移し替えてやる。ぼくはそのためにミカヅチに拾われたのかもしれない。

極意さんも真理明さんも両方救う。地獄の犬になんか喰わせてたまるか。

欲しいか……やろうか……それがおまえの望みなのだな？　聞こえないふりをしても無駄だぞ……欲しいのか……やろうか……ただ頷けば、かなえてやろう……。

「嘘をつくなーっ！」

叫んで怜は瘴気の渦に飛び込んだ。

有象無象をかき分けて、身体に食いつく亡者を振り切り、ぶよぶよに溶けていく身体で闇を走った。どこだ、境の辻はどこなんだ。ただでは死なない、絶対死なない。けれども真理明の気配は遠く、小埜の声も聞こえなくなった。逃げているのか、落ちているのかもわからない。異形どもは渦のように襲いかかって、怜は身体がちぎれていく。欲しいか……やろうか……やろうか……やろうか……有象無象の波に溺《おぼ》れて、『欲しい』と言いそうになったとき、悪意と入れ替わっていく意識の隅に、鮮烈な一条の光を見た。太陽のような光から、糸のような触手が伸びている。それがグングン近づいてきて、声がした。

「こっちだ！」

怜はゴボンと呼吸した。怜を覆《おお》い隠《かく》していたモノどもが光を恐れて下方に沈み、異形の沼か、海のようになっている。精一杯に首を伸ばして光を見ると、太陽フレアのような触手は黄金の髪だとわかった。そのただ中に浮かぶ顔に見覚えがある。

「バカ、のろま！　こっちだと言っている。手を伸ばせ！」

彼の両目は炎のように輝いていた。

その目で怜を睨み付け、真っ直ぐに腕を伸ばしてくる。

「広目さん」

「早くしろ」

見えている。広目は両目が見えている。

異形のモノや有象無象は怜の身体に絡みつき、沼に引き込もうとしたけれど、広目が睨むと怖じ気《おけ》づき、金色の髪に刺されて霧散した。腐肉をかき分け、腐敗汁を飲んで、皮膚に入り込んでくる有象無象を引き千切り、沼を泳いで広目に近づく。彼が伸ばした腕を摑んだとたん、怜は豪雨の迷い塚で、広目にのしかかるようにして倒れていた。

凄まじい雨が身体に染みて、塚の盛り土はドロドロになり、木々は風に煽《あお》られて揺れ、へし折れた枝が落ちていた。停電は復旧しておらず暗闇《くらやみ》だったが、稲妻に浮かび上がったものを見れば、怜の身体には無数の手首やドクロがくっついていた。有象無象、餓鬼に亡者、あちらに迷い、こちらへ戻ろうとして果たせなかった者たちの残骸《ざんがい》だ。それらはもはや人ではなくて、それ以外の何かに変わろうとしていた。

「バカだバカだと思っていたが……」

仰向けに倒れたまま、怜の腕の下で広目は言った。長い髪は雨に打たれて泥だらけ、どこからどこまで水浸し、顔は蒼白《そうはく》で、開いた眼に水晶の眼球が入っている。

「きみは……俺が思う数倍バカだ」

すみません。と、怜は詫びて、広目の傍《かたわ》らに正座した。すぐ起き上がるかと思っていたのに、広目は寝たまま立とうとしない。

雷鳴が轟き、稲妻が光る。ようやくというように身体を起こすと、片方の肘で上半身を支え、広目は自分の額を押さえた。とても苦しそうだった。

「大丈夫ですか？」

訊くと、

「これが大丈夫に見えるか」

と叱られた。濡れた地面に足を伸ばしたままで、身体を動かせるようになるのを待っている。憔悴《しょうすい》して立つことができずにいるのだ。

「すみません――」

怜は伏して頭を下げた。

「――でも、広目さんはどうしてここへ……また小埜さんから電話があったとかですか」

「そうじゃない」

苦しそうに広目は言った。服が濡れて身体に張り付き、華奢な肢体が透けている。けれどもついさっき幽世で見た広目は黄金に輝いて、戦う鬼神そのものだった。

「いくら忠告しても聞かぬから、きみの後をつけてきた。俺は言ったな？　オーラが変化していると……光が増せば闇は濃くなる。オーラをまとってあちらへ行けば、救いを求めて亡者が集まる……道理だろう」

「じゃあ、ぼくを心配して？」

広目は答えようとしなかった。またも地面に寝転んで、激しい雨に打たれている。白い上着に泥が跳ね、黒髪は濡れてベトベトだ。

「広目さん」

と、怜はまた言った。

「本当は目が見えるんですか？」

我ながらバカなことを訊くと思ったけれど、幽世の広目には眼球があった。黒目は炎のように燃えていたけど、あれは視力がある者の眼だ。目を閉じたままで彼は言う。

「何度話せばわかるんだ……俺は闘う命運を背負った広目天《こうもくてん》。こちらでは盲目だが、あちらでは千里眼。そうでなければ多層世界で迷ったきみを捜せるはずがない」

「千里眼……」

怜は深く頷いた。稲光が夜空を走り、薄く開けた広目の眼が紫に光る。

「さっきの広目さんは鬼神そのものでした。全身が輝いて、有象無象は近づくこともできずにいた。もしも助けてもらえなかったら」

「バカヤロウ……あちらで覚悟を決めるとき、死を意識するのは愚かなことだ。彼岸のものらは命を持たない……当然ながら死を意識することもない……奴らは……きみの……覚悟の匂いを嗅ぎつけて……」

「そうだったのか。ぼくがこれを──」

怜は自分の身体にくっついてきた有象無象の欠片《かけら》を見た。

「──呼んだのか」

このままにはしておけないから、回収して処分するほかない。いつもは警視正を運ぶリュックを開けて、腕を拾って入れようとすると、リュックの中にはドロドロの液体が詰まっていた。

「うえ」

顔をしかめて拾った腕を液体に沈めた。このリュックは買い換えだ。

広目はようやく首だけ起こし、泥まみれになった髪を掻き上げた。

「広目天として生まれた者は戦いの日まで髪を切らない。きみも見てわかったはずだ。俺の力は髪から発する。千里眼と髪だけが武器……ほかに何ができるわけもない」

気弱そうに言ってヨロヨロと起き上がるので、怜はリュックの口を閉じ、手を貸して広目を立たせた。その身体が氷のように冷えていて、マズいんじゃないかと怖くなる。ぬるめの蒸し風呂《むぶろ》にいるような気温であるのに、降りしきる雨が体温を奪う速度は容赦がない。広目を抱きかかえて土饅頭のような塚を下りると、フェンスの扉はまだ開いていた。神鈴が放ったイライラの虫が施錠をうっかり忘れさせたのだ。停電が解消されて街の明かりが点く前に、怜と広目は禁足地を抜け出して、フェンスの扉をガチャリと閉めた。広目はへたれてその場にうずくまり、肩で息をして歩くことができない。

雨の中、近くのベンチに座らせると、彼はうなだれたまま言った。

「完全な広目天になれば此岸と彼岸を行き来できるが……俺はまだ……向こうに長くはいられない」

怜のほうへ顔を上げ、「未熟なのさ」と、苦笑した。

「きみがあちこち逃げ回らなければ……もっと早く……うっ」

口に手を当てて嘔吐《えず》いたかと思ったら、広目は地面にドッと血を吐いた。身体が揺れてベンチから滑《すべ》り落《お》ち、横様にうつ伏せて動かなくなった。

「広目さんっ」

抱き起こしたが、意識がない。鼻に手をかざしても呼吸しているかわからない。怜は胸に耳を押し当て、広目の鼓動を確認した。ジジ……と虫が鳴くような音をさせて明かりが戻り、薄暗い街灯に広目の顔が浮かんだ。紙のように真っ白だ。マズい。怜は焦り、救急車を呼ぼうとスマホを出したが、そのとき腕を掴まれた。広目の手だった。

死んだように横たわったまま、広目は掠《かす》れた声で言う。

「救急車は呼ぶな……赤バッジを……」

怜は赤バッジに電話した。

「広目、おい広目」

赤バッジはすぐに飛んできた。

何が起きたか聞くより早く、彼は広目を抱き起こして頬を叩くと、

「アマネ、起きろ」

と、広目が嫌う呼び方をした。さすがに広目は目を開けたが、答えもしないし動きもしない。赤バッジは広目の首に手を当てて脈を取り、

「なにがどうしてこうなった」

と、ようやく訊いた。しかし答えを待つこともなく、荷物のように広目を担ぎ上げて立ち上がった。明かりが点いた境内は、街灯の光が雨を線状に光らせている。

「救急車か俺は」

赤バッジは鼻息荒く悪態を吐いた。大股で境内を進んで路上に止めた車まで歩き、怜が開けた後部座席に広目を横たえると、

「隣で頭を支えてやれ」

と、怜に指示した。

亡者の欠片が入ったリュックを足下に置いて車に乗り込み、怜は広目の頭を太ももに載せた。赤バッジは運転席に飛び乗ってエンジンを掛け、発進させてから呟いた。

「とりあえず病院へ運ぶ。ヤバそうだからな。こんな状態の広目を見るのは初めてだ」

コンソールボックスをゴソゴソやって、乾いたタオルを投げてくる。

怜はそれで広目の顔と髪を拭い、リュックの中身が漏れ出さぬよう両脚の間に挟み込ん

だ。絞れば水が出るほど濡れた二人は泥にもまみれて、車内に水の匂いがするほどだ。

赤バッジはミラー越しに後ろを見ると、

「それで？　何がどうしてこうなったんだ？」

と、もう一度訊いた。

あちらへ行って、境の辻から病院に出て、妹の真理明さんに会ったこと。彼女の苦しみや悪魔の本当の計略について、怜は赤バッジに話すべきかと考えた。

それをすると、どうなるだろう。いろんなことを見過ぎたあまり、判断がつかない。

「どうもこうもない、迷い塚で迷ったのだ……それだけさ」

苦しそうに広目が言って、またもタオルに血を吐いた。

「あそこは忌み地だ。なぜ行った」

怜が自分で驚くほどに、言い訳はするすると口から出てきた。

「施錠されてなかったからです」

嘘ではない。的確な答えじゃないけど、嘘でもない。

赤バッジはミラー越しに怜を睨み、「フン」と鼻を鳴らして前方を見た。

「俺に話す気はないってことか」

「バカな……いま話したではないか」

広目は頑として理由を言わない。今はまだ話すべきではないと、暗に忠告されているような気がした。

自分に身体を預けてぐったりしている広目が信じられず、心配だった。闇雲《やみくも》に突っ走るたび、仲間に迷惑をかけている。助けてもらうばっかりで何の役にも立ってない。いったい何をやっているんだと、怜は自分に怒りを感じる。

怜がリュックを持ち込んだので、車内には『あちら』の臭いが充満している。おぞましい形状に変化してしまった腕や歯や肉の臭いだ。行く手に光る信号機の明かりを睨み付け、チッと舌打ちをして、赤バッジはアクセルを踏み込んだ。加速で身体が引っ張られ、車は高速で街をゆく。総合病院の夜間緊急窓口に車を付けると、赤バッジは素早く運転席を降り、後部座席のドアを開けて広目を抱き上げ、院内へ走った。

身体に不浄をまとった怜は、祈るような気持ちでその様子を見送った。医者やスタッフが飛び出してきて、ストレッチャーが運ばれて、広目が院内に連れていかれるとき、赤バッジはほんの一瞬、怜のほうを振り向いた。その目が赤く光ることを恐れたが、彼はすぐに踵を返して広目の後を追いかけていった。

ああ、そうか……両足の間に置いたリュックから臭うのは、これは飢えと怨嗟の臭いだ。今、怜もまた心の絆に飢えそうだった。

エピローグ

広目が入院した経緯について、怜は警視正に報告しようとしたのだが、警視正は、

「報告は広目くんが退院してから聞こう。漏れがあってはいかんのでな」

と、冷たく答えただけだった。

そのまま、この件には一切触れようとしないので、怜と神鈴は共に針の筵《むしろ》を味わった。休暇を終えて出勤してきた土門すら、広目の席が空いていることには一切触れず、無言の重圧と叱責《しっせき》が怜をジワジワ追い詰めた。なぜ勝手な真似をしたのかと、いっそ怒鳴ってくれたらいいのに、明らかな過ちを、信頼する警視正と班長に無視されるのは辛かった。

広目はどんな状態か、見舞いに行こうとも考えたけど、広目を救急外来に運び込んだ夜に戻ってきた赤バッジから、固く止められていた。いわく、

「見世物ではないから、絶対見舞いに来るなとさ」

赤バッジはそれだけ告げると、警視庁本部の駐車場で怜が穢れたリュックを抱えて車を降りるまで、一言も口を利いてくれなかった。

肩身が狭くて身の置き場がない地獄のような一週間が過ぎて、月曜日。退院した広目が

出勤してくるという話を週末に土門から聞かされて、怜はようやく呼吸ができるような気持ちでミカヅチ班に出勤した。いつものように荷物用エレベーターで地下三階に下り、長い廊下を進んでコードを打ち込み、オフィスのセキュリティを解除して室内に入ると、広目のデスクは荷物で一杯になっていた。

「おはよう、安田くん。やっと広目さんに会えるわね」

昨晩の当番勤務は神鈴であった。彼女は広目が確認しやすいように、荷物を一列に並べている。過ちがクリアになるわけではないけれど、やはり広目の顔を見ないと安心できない。神鈴も同じ心境らしく、作業を続ける表情は明るい。

デスクで椅子を左右に回しつつ、警視正がニヤニヤとそれを見守っていた。

「おはようございます。どうしたんですか、その荷物は」

新しいリュックを自分のデスクに下ろして訊くと、

「広目さんへのお見舞いよ」

と、神鈴が答えた。

「バラの花束《はなたば》はリウさんからでしょ、こっちのお菓子は千さんからで、これは」

と、巨大なタッパーを持ち上げて、

「小宮山さんがくれたゼンマイの佃煮」

それと、と次々にタッパーを重ねる。

「これはキムチで、真空の密封容器に入れたやつ、蕗《ふき》のコンポートにキュウリの佃煮、こっちはナスの辛子漬け、あとは、ええと……ミョウガと唐辛子とセリの味噌《みそ》漬け、なんだかんだ小さく刻んで交ぜたやつで、そうめんや冷《ひ》や奴《やっこ》と食べると美味しいんだって」

広目が確認しやすいように形の違う容器に入れてある。

花束は素晴らしく大きくて、深紅のバラを金のリボンで結んであるうえに、『愛する広目ちゃんへ』と書いたカードにピンク色のキスマークがついていた。

千さんの菓子はアソートで、和菓子、洋菓子、煎餅《せんべい》とゼリーの詰め合わせらしい。

広目くんの好みがわからないからさ、と、照れくさそうに笑う千さんの顔が見えるようだった。

「なんというか……凄まじい愛を感じますね」

怜は苦笑した。

「三婆ズは見舞いに行きたくて土門くんを問い詰めたらしいがね、広目くん本人が断ったのだ」

組んだ片脚をブラブラさせて警視正が言う。

「ぼくも断られてしまいました」

「広目さんらしいわ。弱ったところを見られたくないのよ。私だって、もしも自分が入院したら、ただでさえ具合が悪いのに元気な人に来てほしくない……本当に親しい人しか病室に入れたくないわ」

あのとき広目は救急車でなく、赤バッジを呼べと言った。

広目さんにとっては極意さんが親しい相手ということになるんだろうか。いつだったか三婆ズが、殺し合うほど離れられない男と女に言及していたなと思う。反目しても、憎み合ってるわけじゃない。実は二人は互いのことを、誰より理解しているのかもしれない。

ドアが開き、土門班長が出勤してきた。

「おはようございます」

と言ったあと、広目のデスクに目をやって、鞄《かばん》から小さな包みを出すと、ニコニコしながら神鈴に渡した。

「なんですか?」

と、神鈴が訊ねる。

「玉露ですよ。広目くんの退院祝いに」

それで怜もリュックから、小さな木箱を引っ張り出した。

「やだ、安田くんも?」

と、神鈴が笑う。怜は自分のお見舞いを花束や菓子の隙間に置いた。

「鮑《あわび》の煮物が滋養強壮にいいと聞いて、買ってきました」

「笑っちゃう。実は私も」

神鈴が自分のデスクから運んで机にドスンと置いたのは、箱詰めの栄養ドリンクだった。そうこうするうちドアが開き、長い髪をなびかせながら広目がオフィスに入ってきた。ドアの近くで足を止め、

「ご迷惑をおかけしました」

と、頭を下げる。それから真っ直ぐに警視正の許へ行き、

「おはようございます」

直立不動で挨拶をした。

「もう大丈夫かね？」

弄《もてあそ》んでいた椅子をグルリと回して、警視正は広目に訊いた。

「はい。ご心配をおかけしました。土門班長も、すみませんでした」

広目は土門に身体を向けると、またも腰を二つに折って頭を下げた。

怜と神鈴はオフィスの隅の暗がりに並んで、広目の様子を見守っていた。

「ああ……では、コホン」

と、土門が咳払《せきばら》いする。警視正も威厳を正して立ち上がり、上着の裾を引っ張った。

「そうか……では……一連の出来事について、早速報告してもらおうか」

厳しい目つきで広目を睨むので、怜は素早くその場を離れ、広目の隣に並んで立った。責められるべきは自分であり、広目は巻き込まれただけなのだ。

警視正はさらに言う。未《いま》だかつてないほど厳しい声と、表情だった。

「きみたちは私に隠れてコソコソあちらへ行ったようだが、私は首なし幽霊だぞ？」

すべてお見通しだと言いたいようだ。

「折原警視正。それについてはぼくから報告させてください」

怜は勢い込んでそう言ったが、ジロリと警視正に睨まれたあと、しばしの沈黙に心臓が縮む思いがした。グッと息を呑んでから、なるべく誠実に言葉を選ぶ。

「ぼくは、新田神社の禁足地を侵しました。境の辻から幽世へ行き、あちらの世界を見るために」

「ふむ」

警視正は軽く頷き、

「誰の命令でそれをした」

と、静かに訊いた。

「誰の命令でもありません。ぼくの、個人の事情です」

「あそこは忌み地だ。ミカヅチのメンバーでありながら、それを侵したというのかね？」

「はい」

と、正直に答えたとき、怜は自分の存在が消えてなくなるような心細さを感じた。ここをクビになったら、今までよりもっと孤独になるだろう。広目さんは忠告してくれたのに、どうしても我慢できずに、ぼくが我を通したんだ。

「つまりは公序良俗に反する行いをしたということだな？」

「折原警視正。周囲の防犯カメラの位置を安田くんに教えたのは私です」

そう言って、神鈴が隣にやって来た。

「安田くんは極意さんを救おうと必死です。私はそれに賛同して、不安の虫を神社周辺に撒きました。住民の不安を煽って最新のカメラに交換したくなるよう仕向けたんです」

「でも、行ったのはぼく一人です。神鈴さんは行っていません」

「質問は、私がしている。上官が喋っているときに口を挟むな」

警視正がピシャリと言った。

「すみません」

神鈴と共にうなだれていると、警視正はまた訊いた。

「安田くんは結界を破って侵入したのか。フェンスと鉄条網を乗り越えて」

「いえ……入口の門は開いていました」

「防犯カメラを壊したのかね」

「壊していません。どうやって迷い塚に入ろうかと考えていると、偶然落雷で停電したので、チャンスだと思って、走って境内に侵入しました」

警視正はチラリと土門のほうを見た。それから広目に視線を向けて、

「では広目くんに訊こう。きみも安田くんに同調し、一緒に彼岸へ渡ったのかね」

「同調したわけではありません」

　ほう。と、警視正は顔をゆがめた。広目が続ける。

「ただ……彼は直情型の人間ですから、彼岸に渡ればきっと迷うと思っていました」

　怜は床を見つめたまま恥ずかしさに目をパチクリさせた。赤バッジが自分を『犬っころ』と揶揄したように、頼りないからみんなを心配させてしまうのだ。

「俺が忠告しても聞かないので、どうなるか確認しに行っただけです」

「安田くんが禁足地を侵すことをどうして知った？　盗み聞きかね？」

「私が広目さんに教えたんです」

　またも神鈴がそう言った。

「いえ、彼女から話を聞き出したのは俺です」

　と、広目が答え、

「困りましたねえ」

　と、土門が笑った。すると警視正は首をグルリと真横に回して、

「土門くんも……私に報告があるなら聞こう」

　と、強い調子で言った。土門は近くへ寄ってきて、怜らの列に並んで立った。

「さすが警視正はご存じでしたか……では、ご報告申し上げます。禁足地を囲むフェンス

の鍵ですが、宮司が施錠し忘れるよう『式』を飛ばしたのは私です」

式とは式神のことである。土門は陰陽道に長《た》けた土御門《つちみかど》家の末裔なのだ。

「え」

と怜は顔を上げ、神鈴と土門を交互に見やった。あれはてっきり神鈴の虫がやったことだと思っていた。土門は怜を振り返り、

「虫にそこまでの力はないです」

と、微笑んだ。

「神鈴くんの虫は人を不安にさせたり、イライラさせたり、『虫の居所が悪い』などの効果は出せますが、禁足地の施錠をうっかり宮司に忘れさせるとか、そういう芸当は難しいのですよ。式ならば人に幻覚を見せることができますからね、きちんと施錠した気にさせて、警戒を解かせることなど朝飯前。式も虫も使いようです」

「よぉくわかった」

重々しく言うと、警視正は首を正面に戻して怜ら全員を順繰りに見た。

「つまり、きみたちは全員で忌み地を侵し、仲間である広目天の命を危険にさらしたというわけなのだな？」

それに対しては返す言葉がない。

「はい」

と、怜だけが返事をし、広目は真っ直ぐに顔を上げると、

「瘴気にやられたのは俺が未熟だったからで、誰のせいでもありません」

と言った。警視正は厳しい顔で広目を睨んだ。

「だが、実際に相当のダメージを受けた。赤バッジから聞いたがね、一時はショック状態だったそうではないか」

あのときだ。と、怜は思ってゾッとする。極意さんが彼を運んで、車に戻ってくるまでの間、救急外来の奥でスタッフが慌ただしく走り回っているのが見えた。どのくらい待ったかわからないけど、戻ってきた極意さんが疲れ切った顔をしていたのは覚えている。

「自分の未熟さを知っていたと言うのなら、広目くんはなぜ安田くんを探しにあちらへ行ったのかね?」

警視正は表情を崩さない。怒っているのか呆れているのか、自分たちを見下げているのかわからない。感情を表に出してくれないから余計に、怜は身の置き場がなくてハラハラとする。彼はぼくを止めたんだ。それなのに。

広目は答えを探して真剣な顔になり、ゆっくり首を傾けた。

「……わかりません。ただ……いや……」

あの晩は雨と泥でベトベトになっていた髪の毛が、今はサラサラと肩口で揺れる。さらに数秒考えてから、広目は言った。

「バカが感染《うつ》ったんだと思います」

警視正は鼻の穴をぷっと広げて、いきなり、

「わっはっはっ!」

と、大声で笑った。

「なるほど、我が班は全員バカに罹患《りかん》したのか」

そして、

「病ならば致し方あるまい」

温かみのある表情でニヤリとした。

神鈴がこっそり横を向き、怜に向かってウインクをする。

「だがしかし、総括責任者の私に無断で勝手な真似をした点については、全員が大いに反省してもらいたい。今回はたまたま大事に至らず事なきを得たが、今後も勝手な真似をされては困る。そうでなくとも事態は動いているのだからな」

警視正は大真面目《まじめ》な顔になって一喝した。同様に深刻そうな顔を作って土門が続ける。

「折原警視正は幽霊で、あちらに精通しているから報告の必要はない。と、いうのはやはり違いますからね……はい、私も大いに反省します。このたびは申《もう》し訳《わけ》ありませんでした!」

土門が率先して詫びたとき、

「申し訳ありませんでした！」

怜ら三人も腰を折り、警視正に深く頭を下げた。そのときオフィスのドアが開き、

「アマネ、戻ったか」

と、色っぽい声で言いながら、赤バッジが乱入してきた。腕を振り上げて白い歯を見せ、全員が警視正のデスクに集まっているのに気付くと首をすくめた。

「なに？　なんだよ？　もしや全員で俺が来るのを待っていたとか」

「まさか。そうではありません」

と、土門が答え、広目は眉間に縦皺を刻んだ。

「アマネと呼ぶのはやめろ……俺を挑発しているつもりか知らんが、病み上がりでも容赦はしないぞ」

赤バッジは鼻で笑っただけだった。そしてすぐさま広目のデスクへ駆けていき、

「貢ぎ物がスゲえな、さすが」

素っ頓狂な声で叫んだ。見えない広目は意味がわからず、いぶかしげな表情だ。

「広目さんのデスクにお見舞いが山ほど届いているの。リウさんからバラの花束、千さんからお菓子のアソート、小宮山さんの漬物と、ほかに私たちからも」

神鈴がコソッと耳打ちすると、

「……なんで」

と、広目は厭そうな顔をした。一方赤バッジは勝手に品々を物色し、

「おまえを病院まで運んだのは俺だから、半分もらう権利がある」

千さんのアソート菓子を脇へ避け、怜が大枚はたいて買った鮑を引っ張り出した。広目はツカツカとデスクに寄ると、赤バッジから鮑を奪い返した。

「バカを言え。確かめもしないうちに渡すと思うか。それなりに礼もしなければならんのだからな」

小箱を取り上げられてもケロッとして、今度は菓子の箱を持つ。

「減らず口は利けるようになったようだな。偉い、偉い、褒めてやる」

そっぽを向いて、「心配させやがって」と吐き捨てる。菓子を抱えて小宮山さんのキムチを手に取り、真空の密閉容器であるとわかるや机に戻し、広目から離れて自分のデスクに菓子を置く。

「それで？　もう話してもらってもいいよな」

アソート菓子のパッケージを破って箱を開け、人差し指を動かしながらフルーツケーキを選んで取った。

「ちょっと、極意さんが千さんのお菓子を食べているわよ」

神鈴が告げると広目は呆れて苦笑しながら、

「悪魔憑きに倫理を求めても無駄だ」

と、言った。

「いいんだよ。どうせドレッド婆さんには、ごちそうさまと言うだけなんだろ？」

「どう旨かったかも伝えねばならん」

「じゃ、言っておけ。レモンの香りがほかとは違う」

広目は無視して溜息を吐いた。

フルーツケーキを食べ終えてしまうと、赤バッジはクッキーもつまみ出し、再び広目のそばへ寄っていった。肩に腕を絡めて自分に引き寄せ、広目の耳に囁いた。

「あのときは弱っていたから見逃してやったが、俺が何にも知らねえと思うなよ？」

そしてその目を怜に向けて、広目を抱き込んだままクッキーの袋を開けた。

「リュックに有象無象の欠片とか詰め込んできやがって……臭いと気配でわかるんだよ。おまえらがどこに行っていたのかくらいはな……全部話せ。正直に話せ。俺だけ蚊帳《かや》の外とか許さねえからな」

耳元でクッキーをザクザク嚙むので、広目に腕を払われ突き飛ばされた。怜が答える。

「境の辻から向こうへ行って、混沌を見てきたんです。こちらとあちらの端境も」

赤バッジはクッキーの袋を丸めてゴミ箱に捨てた。

「それで真理明に会ったのか」

まさかそう訊かれるとは思ってもいなかったので、怜は目を丸くした。悪魔に憑かれた赤バッジには向こうが見えていたのだろうかと。

「どうなんだ。会ったのか？」

広目は赤バッジから逃れたが、赤バッジはまだ広目のそばにいる。そのことが怜をハラハラさせた。答えによっては容赦しないと、広目を人質に取られているような気がしたからだ。給湯室へ向かっていた神鈴も足を止め、心配そうに振り返っている。警視正と土門の姿は、赤バッジを直視している怜の目には映らなかった。

赤バッジは瞬きしない。瞳が赤く燃えていて、今にも姿が変わりそうだ。

覚悟を決めろと怜は自分に言った。進む以外に道がないなら、進むんだ。

「会いました」

頷くと、赤バッジは一秒程度無言でいてから、口元に牙を剝き出した。

「やっぱりおまえか……犬っころ」

言い訳するつもりはないけれど、何を言えばいいのかわからない。彼女の悲惨な有様を、極意さんは誰にも見せたくなかったはずだ。よかれと思った選択が妹を苦しめているとわかっているから、余計に弱みを見せたくないんだ。

犬っころのような自分には、特に。

襲われて食い千切られるかと思ったが、赤バッジはその場を動かなかった。攻撃する代わりに唇についたクッキーの欠片を拳で拭い、美しいテノールでこう言った。

「天使を見たの……真理明はそう言っていた。あいつとはたまに電話で話すんだよ。真理明の調子がいいときに、電話させてほしいと病院のスタッフに頼んであるんだ」

電話で話した。怜は赤バッジの言葉を反芻《はんすう》し、彼がまだあんな世界の住人でなく、すべてを見ていたわけでもなかったことに安堵《あんど》した。

「その天使はな、クルクルパーマできれいな目をして、全身が白く光ってたってさ」

怜は無言のままだった。何か言うべきなのかもしれないけれど、話せることなどひとつもない。彼女の悲惨な姿を目撃してしまったことをひたすら申し訳ないと思うばかりだ。

「天使が楽にしてくれたそうだ。ようやくゆっくり眠れたと」

「……え」

トンマな感じで言うと、

「テメエ、聞いてたか？　俺の話を」

と、赤バッジはさらに睨んだ。

「礼を言ったんだから、しっかり聞いとけ。あとな、真理明は匂いがなんとか言っていたんだが、話の途中で意識が途切れて、よくわからなかった」

「ああ……天狗様の森のことかな？」

「なに？」

赤バッジは切なそうに眉尻を下げた。悪魔の面のその奥に、青年の顔が覗いていた。

「真理明さんが言っていました。子供のころ、お兄ちゃんの後を追いかけて虫採りに行ったって。奥多摩の天狗の森へ。そこの匂いがぼくからするって」

「マジか……」

泣きそうに顔をゆがめて赤バッジは唸る。

「犬っころ……ホントにおまえ……クソ」

「真理明さんの病室の天井に、境の辻が開いていたんです」

その隙間から地獄の犬が彼女を覗いて、自死するのを待っていたことは、どうしても言えなかった。あのとき向こうへ行かなかったら、彼女は死んで、極意さんは悪魔になっていた。彼女はいつまで頑張れるだろう。一分だって辛そうなのに。

怜は無意識に拳を握った。

「ぼくが通ったのは偶然で」

「偶然ではない。呼び寄せたんだ」

と、広目が話に割り込んできた。

「あちらに行ったら決して動いてはならないと、新入りはよくわかっていた。それでもたまらず動いてしまった。俺は、そんなことだろうと思っていた。こいつは、筋金入りの」

「バカだから」「大バカだからな」

広目と赤バッジは同時に言って、

「まったく」

と、赤バッジが溜息を吐いた。俯いて、呆れたように頭を掻いている。

「まあ、そうですがねえ……安田くんは、ただのバカではないと思いますよ」

土門の声でそちらを向けば、警視正と並んで扉の前に立っている。

うおん、うおん、と微かな響きを上げながら、扉の模様が変化していた。それはいつもの落書きではなく、赤い粒子が霧のように散らばって、むしろ映像に近いものを描き出しているかに見えた。図柄《ずがら》は縦横に変化して無数の手のように見え、次には雲のようになり、また霧散して梵字《ぼんじ》のようなかたちになった。いつもなら変化したあと一日程度は落書きの状態で動かなくなるのに、梵字を象《かたど》った後も順次どこかが動いている。鼓動のように、呼吸のように、分裂して増えるアメーバのようにも見えた。

「扉が生きてる」

と、神鈴が言った。

「もしかしてこれが兆候かしら？　地霊が鳴動する先触れとか」

一同は答えを求めて警視正と土門を見たが、二人は何も答えない。ただ、

「安田くんのバカは感染するバカです」

土門がニコニコしながら言った。ただしその目は鋭く、真剣だ。

答えらしきものをくれたのは警視正のほうだった。

「偶然も必然も、当然の流れなのかもしれんなあ……我らは今までバラバラだったが、安田くんの病に罹患して、団結するバカになったようだ」

「もっとカッコいい言い方が、ほかにいくらでもあるでしょうよ」

と、赤バッジが眉を寄せ、

「団結するバカ」

警視正の台詞を復唱して「ぎゃはは」と笑った。

ああ、この笑い声。大好きなこの声を、久しぶりに聞いたと怜は思った。

千さんのお菓子を箱ごと抱え、神鈴は人数分に分けている。フルーツケーキとクッキーをつまみ食いした赤バッジの分はそれだけ差し引き、

「安田くん、お茶淹れて」

と、怜に向かって命令した。

「土門さんのお見舞いは玉露ですってよ、広目さん」

「どうして俺の見舞いの品を、神鈴が勝手に分けるのだ」

「リウさんのバラだけあれば十分でしょ？　どうせ広目さん一人では、こんなにたくさん食べられないんだし」

広目がブツブツ言うのを聞きながら、怜は給湯室で湯を沸かす。ちょうどお茶が入ったころに、三婆ズもやって来るのに違いない。お盆に湯飲みを並べているとき、真理明の糜

爛した口の中が思い出されて唇を噛んだ。あれではなにも食べられないし、水を飲んでも痛いだろう。ああして病に苦しむ人が、世の中にはどれだけいるのだろうか。

有象無象に亡者たち、異形に変じた人のこと、黄色い舟に光る魂……どこかに真理があるのなら、何を紐解《ひもと》けば行き着けるのか。

あらあーっ、広目ちゃーん、大変だったわねえーっ。

オフィスでリウさんの声がする。やっぱり。と、思いつつ、怜は棚から急須を出した。

久々にメンバー全員が揃ったミカヅチ班は、前よりずっと賑やかになった気がした。


広目が戻ってきた日の夕刻。いつものように国立国会図書館へ向かう途中で、怜は平将門の首塚へ寄り道をした。かつては樹木が生い茂り、ビルの谷間で異彩を放っていた首塚周辺は、いまではきれいに整備され、都会のオアシスのようにも見える。背後にガラスのビルを金屛風《びょうぶ》よろしく林立させて、ぽっかりと空いた空間に昔のままの首塚がある。

この塚を崇敬する人々は多く、いつ来ても参拝の列が絶えることがない。サラリーマンや観光客、若い女性や高校生、付近をジョギングする人や散歩の途中で立ち寄る年配者など、様々な人が首塚から数段下がった歩道に並んで行儀よく順番を待っている。

ミカヅチ班に拾われる前の冬のこと。首塚は改修工事をしていて仮囲いで隠され、そこで初めて土門や生きた警視正と会った。それ以来、毎日近くに出勤していても、お参りに来ようと思ったことはなかった。それなのになぜ、自分はここへ来たのだろう。

一人がお参りを終えて塚の前を離れると、次の一人が階段を上がって塚周辺の広いスペースに立ち入っていく。どんな神社も参拝する人のすぐ後ろに次の参拝者がいるというのに、首塚ではそれがなく、人々は結界を侵さぬように行儀よく待ち、祈りの時間が長いと文句を言う者もない。最後尾に並んだはずが、一人が去れば一人が来て、いつの間にか階段の下にいた。列の長さは変わらない。それもまた不思議なことだった。

若い女性の二人連れが、並んで塚に祈っていた。背の高いビルが静かにそれを見下ろして、少しだけぬるくなってきた風が供花をユラユラ揺らしている。二人が去って怜の番になったとき、そういえば首塚に参ったことは一度もなかったなと思う。

これは不敬に祟る怨霊の塚。多くの人を祟り殺したと伝わる塚だ。

階段を上がって敷地に立つと、一礼してから塚に近づく。広い範囲で周辺の整備を終えた今、首塚はガラスの外壁を背景に、思ったよりもこぢんまりと白い台座に鎮まっている。日中の暑さにもしなだれていない供花は信仰の厚さを思わせて、今日祈った人々の気配がまだ濃厚に漂っていた。

将門の首塚か……怜は心に呟いて、両手を合わせて目を閉じた。すると、おぞましい気配や瘴気や怒りではなく、慈愛や許しや救済でもなく、まったく別の、ただし凄まじいエネルギーを感じた。意識は瞬時に大地に潜り、それを発する渦を見た。

国の護りだ、と心が叫ぶ。

そうか。この場所に息づくものは、平安を願って戦う者の凄まじい意志だ。決して呪ったり怨んだりするわけじゃない。それを侵す者を許さないだけなんだ。

だから塚は守られている。怖いからではなく必要だから。

目を開けて塚を見た。塚そのものではなく、この場所の地下に眠っているものを。首塚と警視庁本部は距離的にも近く、扉の向こうがどれほどの広さと深さを持つのか誰も知らない。そもそも扉の向こうは地下でもこの世でもないのかもしれない。けれど怜は気がついた。守るべきは混沌の秘密で、それがミカヅチの使命であっても、真に守るべきは秘密そのものではなく、混沌がこちらに噴き出したときのこちらなんだと。

──時が来る……その時が来るぞ……──

同じ声が怜に囁く。それは呪いの声ではなくて、準備をしろと教える声だ。将門の首塚はこの地の要《かなめ》。そして扉は此岸と彼岸に線をひくもの。そして、定期的に扉は開いてきたのだと悟った。戦う運命を背負った広目天《こうもくてん》がこの世に生まれるという百年周期で。

ミカヅチはそのときを見張るためにある。

件の扉が開くとき、大切なものを守って闘うためにぼくらはいるんだ。

ビルの谷間にストンと抜けた首塚の空を真っ二つに分けて、上空を、飛行機雲が横切っていく。

To be continued.

参考文献

「冥途の飛脚の中間曲に就て」巣林子古曲會　細川景正（『浄瑠璃雑誌41
3』所収）
『大人の歴史学び直しシリーズ　江戸の遊郭』永井義男（歴史人）
『信濃のはなし』宮沢憲衛（信濃民芸研究会）
『V・D：性病の話』土屋忠良（学究社）国立国会図書館デジタルコレク
ション
『切腹の話　日本人はなぜハラを切るか』千葉徳爾（講談社現代新書）
『江戸の怪異と魔界を探る』飯倉義之監修（カンゼン）
「「公開シンポジウム報告」妓楼遺構の保存と活用をめぐる一考察」人見佐
知子（『心の危機と臨床の知24』所収）

本書は書き下ろしです。
この物語はフィクションです。実在の人物・団体とは一切関係ありません。

講談社タイガ

〈著者紹介〉

内藤　了（ないとう・りょう）

長野市出身。長野県立長野西高等学校卒。2014年に『ON』で日本ホラー小説大賞読者賞を受賞しデビュー。同作からはじまる「猟奇犯罪捜査班・藤堂比奈子」シリーズは、猟奇的な殺人事件に挑む親しみやすい女刑事の造形がホラー小説ファン以外にも広く支持を集めヒット作となり、2016年にテレビドラマ化。本作は待望の新シリーズ第4弾。

迷塚《まよいづか》
警視庁異能処理班《けいしちょういのうしょりはん》ミカヅチ

2023年10月13日　第1刷発行　　定価はカバーに表示してあります

著者……………………内藤《ないとう》 了《りょう》

発行者……………………髙橋明男
発行所……………………株式会社 講談社
〒112-8001 東京都文京区音羽2-12-21
編集03-5395-3510
販売03-5395-5817
業務03-5395-3615

KODANSHA

本文データ制作…………講談社デジタル製作
印刷……………………TOPPAN株式会社
製本……………………株式会社国宝社
カバー印刷……………株式会社新藤慶昌堂
装丁フォーマット………ムシカゴグラフィクス
本文フォーマット………next door design

ISBN978-4-06-533141-5　N.D.C.913　232p　15cm

銀座にて無差別殺人。

犯人射殺さる。

その裏に、邪なる黒仏あり。

警視庁異能処理班ミカヅチ

第五弾

内藤了

2024年春。ミカヅチ班は決断を迫られる。

講談社タイガ

呪《のろ》いのかくれんぼ、死の子守歌、祟《たた》られた婚礼の儀、トンネルの凶事、
桜の丘の人柱、悪魔憑《つ》く廃教会、生き血の無残絵、雪女の恋、そして――

これは、〝サニワ〟春菜《はな》と、建物に憑く霊を鎮魂する男――仙龍《せんりゅう》の物語。

よろず建物因縁帳

内藤了

講談社タイガ

講談社タイガ

よろず建物因縁帳シリーズ

内藤 了

鬼の蔵
よろず建物因縁帳

山深い寒村の旧家・蒼具《あおぐ》家では、「盆に隠れ鬼をしてはいけない」と言い伝えられている。広告代理店勤務の高沢《たかざわ》春菜《はな》は、移転工事の下見に訪れた蒼具家の蔵で、人間の血液で「鬼」と大書された土戸を見つける。調査の過程で明らかになる、一族に頻発する不審死。春菜にも災厄が迫る中、因縁物件専門の曳《ひ》き屋《や》を生業《なりわい》とする仙龍《せんりゅう》が、「鬼の蔵」の哀しい祟《たた》り神の正体を明らかにする。